LE MYSTÈRE DES TROIS CHEMINÉES

roman

À ma famille,
À Francis et Caroline,

PARTIE I

Chapitre 1

Les rayons de soleil de cette fin d'été frappaient encore fort mon pare-brise, comme pour m'envoyer un ultime message estival. La route vers Paris filait devant moi depuis maintenant quarante-cinq minutes.

Au printemps, j'avais commencé un travail de ramoneur. C'était mon premier emploi. L'idée de passer une partie de mes journées sur les toits des immeubles de Paris m'avait beaucoup plu, et c'est ainsi qu'en mai, j'avais rencontré Monsieur Artipiac pour la première fois. Quelques minutes de conversation avaient suffi pour que nous nous serrions la main.

Monsieur Artipiac était un homme plutôt petit, d'une soixantaine d'années. Sous son visage régulièrement noirci par la suie, on pouvait discerner de nombreuses rides creusées, formant de petites montagnes çà et là, tels des terrils de charbon. Il ne parlait pas beaucoup, mais c'était un homme sympathique, malgré sa mine grisâtre. Il avait consacré sa vie aux cheminées. Monsieur Artipiac était très discret sur sa vie privée ; à ma connaissance, il n'avait jamais eu de femme ni d'enfants. Il ne parlait jamais de sa famille, et je ne lui avais jamais posé trop de questions à ce sujet. Ses cheminées étaient comme ses enfants, sa famille, avais-je fini par penser. En ce sens, on pouvait dire que Monsieur Artipiac avait une très grande famille. Une fois, il m'avait glissé que les cheminées étaient un passage vers l'autre monde. Je n'avais pas très bien compris ce qu'il entendait par là, mais j'avais trouvé cette formulation mystérieuse et en adéquation avec son personnage.

Quand j'arrivai à Paris, en milieu d'après-midi, le soleil était à son zénith. Le macadam ondulait comme une mer en ébullition. L'été n'était pas encore officiellement fini, puisque nous n'étions qu'en début septembre, mais pour moi, il l'était. Je savais que je retrouverais Monsieur Artipiac le lendemain matin à sept heures précises pour planifier les rendez-vous de la semaine. Au fond de moi, je me réjouissais déjà à l'idée de monter à nouveau sur les toits, de caresser ces cheminées, de leur raconter mon été et de contempler Paris d'en haut. Lorsque j'étais en haut, je me sentais libre.

Je garai ma vieille Peugeot à l'angle du square Maurice Gardette, pris ma petite valise dans le coffre, fermai la voiture à clé et me dirigeai vers mon immeuble. J'habitais dans un tout petit immeuble des années 1900 donnant sur le square. Cet immeuble n'avait que deux fenêtres par étage, ce qui lui donnait une impression de compression. Je vivais dans une chambre au sixième étage que je louais à bon prix. Ma chambre, bien qu'assez sommaire, avait la plus belle des qualités à mes yeux : elle donnait sur les toits de Paris et leurs cheminées. Cela valait tout l'or du monde pour moi.

Notre immeuble vivait principalement à travers le personnage de Madame Sylvia, notre gardienne. Elle n'était pas une gardienne comme les autres. Jusqu'à ses quarante-huit ans, elle avait été horticultrice au Jardin des Plantes. Madame Sylvia avait une passion : les plantes exotiques, et par-dessus tout, les orchidées. Elle en connaissait deux cent quarante-trois espèces. Après s'être cassé la jambe en essayant de récolter du pollen de bananier dans la grande serre du Jardin des Plantes, elle avait décidé que quarante-huit ans était un âge raisonnable pour changer de métier. Et c'est ainsi que Madame Sylvia était arrivée dans notre immeuble. En changeant de métier, elle n'avait pas pour autant complètement abandonné son amour pour les plantes tropicales. En effet, le hall d'entrée avait été transformé en véritable jardin exotique, ce qui ravissait les habitants de l'immeuble. Certaines lianes grimpaient même le long de la rampe d'escalier jusqu'au dernier étage.

Cet après-midi-là, alors que je foulais le hall d'entrée, j'aperçus Madame Sylvia à quatre pattes, le nez dans un petit massif multicolore au pied du grand escalier qui desservait les différents étages.

— Bonjour, mon petit, un monsieur Artipiac est venu hier soir me déposer un message pour vous et m'a demandé de vous le remettre. Le voici, me dit-elle.

— Merci, Madame Sylvia ! Bonne journée et bon jardinage !

— Merci, mon petit, et n'oubliez pas de cultiver votre jardin, vous aussi.

Monsieur Artipiac n'avait pas pour habitude de me faire parvenir des messages manuscrits. Je grimpai donc les marches quatre à quatre afin de rejoindre ma chambre au plus vite. J'entrai dans ma chambre, essoufflé, m'assis sur mon lit et j'ouvris l'enveloppe.

Je dois m'absenter pour la semaine à venir. Nous nous verrons à mon retour, lundi dans huit jours. Artipiac

À la lecture de ce court message, je me demandai ce que tout cela pouvait signifier et où Monsieur Artipiac avait bien pu partir. Ce n'était décidément pas dans ses habitudes d'agir de la sorte.

En effet, Monsieur Artipiac avait un mode de vie très prévisible et attachait une grande importance à la régularité. Sa vie était réglée telle une horloge suisse dont les mécanismes se répondaient avec une précision d'orfèvre. Depuis toujours, il arrivait tous les matins à six heures quarante-cinq à l'entrepôt, lisait les journaux, prenait une grande tasse de thé à la menthe et s'attelait à son travail dès sept heures. Il finissait sa journée à dix-neuf heures. Il ne prenait jamais de vacances et n'avait vraisemblablement jamais été à plus de vingt-cinq kilomètres de Paris. Non pas qu'il redoutât d'aller au-delà, mais simplement qu'il n'en voyait pas l'intérêt, nous avait-il dit. S'absenter ainsi une semaine ne relevait donc vraiment pas de ses habitudes.

Je ne pouvais me résoudre à abandonner cette affaire, mais la route m'avait fatigué, et comme le soleil allait bientôt commencer à décliner, je décidai de m'assoupir un peu et de remettre au lendemain toute réflexion qui ne ferait qu'alourdir ma fin de dimanche après-midi. Après tout, il fallait que je profite de ce dernier après-midi de vacances.

Chapitre 2

Le lendemain matin, je me réveillai plus tôt que d'habitude. J'avais eu du mal à m'endormir, obsédé par cet étrange message laissé par Monsieur Artipiac. Cela ne lui ressemblait pas du tout, et je devais me rendre à l'entrepôt rapidement pour éclaircir tout cela. Peut-être qu'Art en saurait davantage.

Monsieur Artipiac partageait son entrepôt parisien avec un artiste peintre, Arthur Kartman, que tout le monde appelait Art (en prononçant le "t"). Année après année, le nombre de cheminées à ramoner avait diminué, et Monsieur Artipiac avait eu l'idée de sous-louer une partie de son entrepôt pour maintenir des revenus stables. Art était un quadragénaire débarqué de Londres il y a une dizaine d'années. Il vouait une profonde admiration pour les chats, qui représentaient le principal sujet de ses œuvres, lesquelles emplissaient l'entrepôt. Selon lui, les chats étaient l'espèce vivante la plus intelligente au monde et finiraient un jour par dominer l'humanité. En plus des chats, Art raffolait du thé à la menthe et ne manquait jamais de partager une tasse chaque matin, peu avant sept heures, avec Monsieur Artipiac. Enfin, Art appelait la plupart des personnes qu'il connaissait par des surnoms qu'il avait rapportés d'Angleterre. C'est ainsi que, rapidement, je fus renommé Bobby.

— Bonjour Art, comment allez-vous ?

— Salut Bobby, comme un couscous sur le gril ! Avec cette chaleur, mes neurones fondent et mes chats se noient dans cette forme liquéfiée de mon esprit, donc je n'arrive à peindre rien d'autre que de la soupe de chat... Et je doute que la soupe de chat soit un sujet qui plaise à mon public. D'ailleurs, mon cher ami, savez-vous qu'il existe une soupe d'oreilles de chat ?

Je le regardai interloqué.

— Mais ne vous y méprenez pas, reprit-il, les oreilles de chat sont des champignons. Moi aussi, j'ai eu une frayeur en tombant sur cette recette l'autre jour. Qui diable pourrait avoir envie de manger des oreilles de chat ! Et vous, quelles sont les nouvelles du front après cette semaine de permission ?

— Eh bien justement Art... La gardienne de mon immeuble m'a transmis un message de Monsieur Artipiac me signalant qu'il ne rentrerait pas avant la semaine prochaine. Ceci ne ressemble en rien à son comportement. Vous a-t-il informé d'une quelconque entreprise la semaine dernière pendant mon absence ?

— Hum, laissez-moi y réfléchir... La semaine dernière, j'ai pris mon thé tous les matins avec lui autour de six heures quarante-cinq, comme d'habitude. Ensuite, Monsieur Artipiac est parti chez de nombreux clients pour ramoner leur cheminée. Il m'a semblé très occupé, certains jours il est resté plus tard que dix-neuf heures. Mais comme vous le savez, je me lève avec les chats et me couche avec les poules, donc je ne reste jamais après dix-neuf heures à l'entrepôt. Je suis sincèrement confus Bobby, car Monsieur Artipiac ne m'a informé d'aucune affaire urgente de cet acabit et je n'étais même pas au courant qu'il ne viendrait pas cette semaine. Mon subtil esprit de déduction me suggère donc que Monsieur Artipiac a peut-être eu vent d'une information ce week-end et qu'il a agi en conséquence, nous quittant pour la semaine, vous et moi.

— Merci Art pour cette analyse implacable mais nous ne sommes pas plus avancés...

— Prenons un thé à la menthe, cela nous aidera à y voir plus clair.

— Je ne vois pas en quoi cela éclaircira les choses mais si vous le dites..., lui lançai-je résigné.

Art partit faire bouillir de l'eau dans la petite cuisine. En attendant son retour, je ressassais en boucle ce qu'il venait de me dire. Quelle sorte d'affaire urgente avait pu inciter Monsieur Artipiac, dont la vie était si mécaniquement huilée, à agir ainsi sans prévenir Art ? Art revint de la cuisine avec un petit plateau en laque noire et deux tasses fumantes en porcelaine Wedgwood au décor fleuri. Une petite soucoupe contenant quelques shortbreads accompagnait le tout avec gourmandise.

— Maintenant nous pouvons réfléchir ! s'exclama-t-il.

— Vous savez Art, je connais Monsieur Artipiac depuis quelques mois seulement mais s'il y a bien une chose dont je suis sûr, c'est que ce n'est pas dans son habitude d'agir ainsi. N'êtes-vous pas de mon avis ?

— Peut-être que Monsieur Artipiac était tout simplement pressé car il avait un train à prendre et qu'il n'a écrit que très rapidement ces quelques mots pour vous prévenir de sa situation cette semaine, sans nullement vouloir vous inquiéter. Vous savez, cher ami, Monsieur Artipiac n'a jamais été un grand bavard et ce mot n'est finalement sans doute pas plus qu'un concentré de sa pensée. Peut-être que c'est juste cela et voilà tout. Attendons son retour la semaine prochaine, c'est ce qu'il y a de mieux à faire selon mon humble opinion. Et au boulot l'artiste, je doute que le carnet de commandes de ramonage soit vide cette semaine !

Art avait raison, le carnet était plein à craquer. Sans l'aide de Monsieur Artipiac, j'allais avoir deux fois plus de travail cette semaine. Nous interrompîmes notre conversation et chacun repartit à ses occupations, Art à ses chats, moi à mes cheminées.

Cette journée de reprise avait été terriblement chargée et fatigante. Je n'avais pas eu une minute de répit. Je ne savais pas si l'absence de Monsieur Artipiac pesait comme un fardeau supplémentaire ou si cette semaine de congé avait tout simplement affaibli mes muscles, du moins le peu de muscles que j'avais. En tout cas, j'étais épuisé. En rentrant chez moi, je décidai de m'arrêter à la loge de Madame Sylvia. J'espérais, peut-être naïvement, qu'elle ne m'avait pas tout dit et qu'elle pourrait m'en apprendre plus sur le passage de Monsieur Artipiac le week-end dernier. Lorsque j'entrai dans l'immeuble, je ne la vis pas. Elle n'était ni dans sa loge, ni affairée dans l'un des trois petits massifs bariolés au pied de l'escalier. Ce n'est qu'en m'approchant de l'escalier et en levant la tête que je l'aperçus, sécateur à la main, en train de tailler quelques lianes au second étage.

— Bonjour Madame Sylvia, comment allez-vous ? criai-je du rez-de-chaussée.

— Bonjour mon petit, quand je suis avec mes plantes je vais toujours très bien, me répondit-elle joyeusement en sectionnant une extrémité de liane trop longue du bout de son sécateur.

Madame Sylvia appelait tout le monde “mon petit” dans l’immeuble, aussi bien Monsieur Barnabé qui venait de fêter ses quatre-vingt-six ans que moi-même. Elle éprouvait beaucoup d’affection pour nous. Nous étions un peu comme sa famille. La vie de Madame Sylvia n’avait pas toujours été une liane bien lisse sans aspérité. Elle avait notamment eu par le passé plusieurs maris, et une fille avec son second mari : Camélia, la plus belle de ses fleurs, nous avait-elle dit.

— Madame Sylvia, rien ne vous a semblé étrange lorsque vous avez rencontré Monsieur Artipiac ? lui demandai-je tout en montant les escaliers dans sa direction.

— Je ne l’ai pas vu plus de quelques secondes quand il est passé et il n’a pas été bien bavard. Il ne m’a rien dit si ce n’est de vous remettre le message, ce que j’ai fait.

Je restai là un peu perplexe, remerciai Madame Sylvia, la laissai à son jardinage tropical et continuai mon ascension jusqu’à ma chambre du sixième étage.

Lorsque la nuit tomba enfin, j’allumai la petite lampe métallique orange posée sur la table en face de mon lit, qui faisait office de bureau, table de cuisine et table de salle à manger. Je ne savais quel âge avait cette table, mais ce qui était sûr, c’est que le temps l’avait marquée de rides irrémédiables. Elle avait vécu. Un peu plus tard, la faim frappa soudainement à ma porte. Je l’accueillis comme une bonne amie et décidai alors d’allumer ma gazinière. Je mis une poêle sur le feu, coupai quelques champignons, fis revenir des lardons, cassai trois œufs dans un grand bol et me fis cuire une omelette, comme j’avais l’habitude de le faire. Juste avant de la faire glisser dans mon assiette, je ciselai quelques feuilles de persil, puis je la mangeai, assis sur un tabouret au bord de ma petite table. Une fois l'estomac rassasié, je m'assis au bord de l'unique fenêtre de ma chambre. C'était une fenêtre avec deux petits battants, en simple vitrage. La peinture des boiseries était tout écaillée. J'éteignis la petite lampe que j'avais allumée. Et là, depuis mon mirador, je contemplai les toits de Paris et leurs cheminées.

Soudain, au dernier étage d'un immeuble qui devait se situer tout au plus à cent mètres du mien, dans la pénombre de la nuit, je vis une lumière s'allumer. Une jeune femme à la chevelure dorée apparut, regardant au loin dans la direction de mon immeuble. Heureusement, elle ne pouvait pas me voir, moi qui me trouvais là tapis dans le noir. Quel âge avait-elle ? Mon âge ? Était-elle un peu plus jeune ou bien un peu plus âgée ? Je ne pouvais le savoir et finalement, quelle importance. Ses cheveux ondulaient dans le vent encore tiède de cette fin d'été. Son visage immaculé était si beau au loin. Puis, comme si elle avait terminé sa conversation avec les étoiles, elle recula de sa fenêtre, la ferma et tira un rideau délicatement. La lumière qui filtrait laissait apparaître sa silhouette telle une ombre chinoise. Je me délectai de ce spectacle nocturne. D'un geste gracieux, elle ôta son haut. Je ne pus m'empêcher de laisser mon œil admirer ce spectacle voluptueux et je vis se dessiner les formes de son corps à travers. L'ombre de ses seins formait dans ce halo de lumière un tableau délicat. Elle finit par éteindre la lumière et, comme si tout Paris s'était éteint d'un coup, je ne savais plus très bien si j'avais rêvé ou si cette jeune femme avait réellement existé. Je me retirai de ma fenêtre disgracieuse et vieillie par le temps et regagnai mon lit. Je repensai à cette jeune femme magnifique, réelle ou fruit de mon imagination, et m'endormis.

Chaque jour de la semaine passa l'un après l'autre, tel un train en route que l'on ne peut arrêter. Comme me l'avait dit Art, il ne servait à rien de s'inquiéter avant la semaine prochaine car quoi qu'il arrive, Monsieur Artipiac ne reviendrait pas plus tôt qu'il ne l'avait écrit dans son message. Les rendez-vous de ramonage s'enchaînèrent si vite que je ne vis pas le temps passer et, plus lundi se rapprochait, plus j'espérais que Monsieur Artipiac reviendrait et que tout cela n'aurait été qu'une vaine inquiétude. Chaque soir, je m'assis dans la pénombre au bord de ma fenêtre. J'espérai revoir cette belle jeune femme que j'avais vue l'autre soir. Mais je ne la vis pas une seule fois. Peut-être l'avais-je fantasmée ou pire encore, peut-être m'avait-elle vu la regarder l'autre fois et avait-elle pris peur. La fin de semaine arriva enfin. La double charge de travail provoquée par l'absence de Monsieur Artipiac m'avait éreinté si bien que je dormis presque tout le week-end. Dimanche soir finit par frapper à ma porte et afin d'être en forme pour le retour espéré de Monsieur Artipiac le lendemain, je me couchai de bonne heure.

Cette nuit-là, je fus frappé par un songe étrange. J'étais dans une grande bibliothèque. Je déambulais dans les méandres de ces allées sans fin dont les étagères retenaient des centaines, voire des milliers de livres. Brusquement, dans mon rêve, je me trouvai dans l'impossibilité de me mouvoir plus en avant, comme si de la colle s'était fixée sous mes chaussures me clouant au sol. N'ayant d'autres choix, je me tournai alors sur ma droite, en direction de l'étagère de livres qui se trouvait à la hauteur de mes yeux. Un manuscrit ancien à la couverture bleu marine et à l'écriture calligraphiée en lettres d'or attira mon regard. J'attrapai ce livre et, quand je fus assez proche de l'écriture pour la déchiffrer, je distinguai "Les trois cheminées, Albertus Fudge, Éditions Pegasus". Lorsque je voulus l'ouvrir pour en découvrir son contenu, je me réveillai aussitôt. Quel rêve étrange, pensai-je. Sans réfléchir, je me levai immédiatement pour aller noter "Les trois cheminées, Albertus Fudge, Éditions Pegasus" sur un carnet. Il me fut ensuite impossible de me rendormir. L'anxiété mêlée à l'excitation de retrouver Monsieur Artipiac s'était réveillée, elle aussi.

Chapitre 3

Au petit matin, en franchissant la porte de l'immeuble et en foulant le bitume de la rue, je sentis que l'été amorçait sa mue. Le temps était pour la première fois depuis des mois plus gris et la température plus fraîche. J'avais ressorti une veste en toile pour l'occasion. Sur le chemin de l'entrepôt, les gazouillis des oiseaux avaient diminué inexorablement. Bientôt, les feuilles allaient commencer à tomber et l'automne pointerait son nez. J'arrivai à l'entrepôt à sept heures précises.

Lorsque j'entrai dans le bâtiment, je me hâtai vers la verrière au fond qui donnait sur une cour intérieure pavée. Monsieur Artipiac y avait installé un vieux canapé en cuir fauve à la patine déjà bien usée. Cet endroit de l'entrepôt, plus qu'une pièce, était une jonction entre deux mondes : celui des hérissons de ramonage et celui des chats d'Art. Chaque matin, c'était ici qu'Art et Monsieur Artipiac prenaient leur thé à la menthe. Comme je le craignais, je ne vis qu'Art en arrivant. Il était profondément enfoncé dans le canapé, son regard perdu dans les vapeurs de sa tasse brûlante. Il semblait si absorbé dans ses pensées qu'il ne me vit pas et sursauta quand je parlai.

— Bonjour Art, je ne voulais pas vous surprendre, je suis désolé. Dites-moi que Monsieur Artipiac est arrivé et qu'il est aussitôt reparti chez un client ?

— Bonjour Bobby, c'est bien la première fois que mon thé à la menthe est si fade, me lança-t-il, le regard hagard, sans répondre à ma question.

Art ressemblait à une feuille jaunissante, se vidant de sa sève, attendant que l'automne l'arrache à sa branche.

— Art, si nous n'avons toujours pas de nouvelles de Monsieur Artipiac à midi, nous devrons nous en inquiéter sérieusement. Je vais préparer d'ici là tous les rendez-vous de la semaine. Et vous, remettez-vous à vos chats.

— Sage décision, mon ami, répondit-il en me regardant pour la première fois depuis mon arrivée.

Art dessouda difficilement son corps du canapé, se leva et se dirigea vers son atelier. Il avait reçu une commande de portrait d'un riche collectionneur et consacrait toute son énergie à cette œuvre féline. En plus de son activité de peintre libre, Art était aussi portraitiste sur commande. Portraitiste de chats. Il réalisait des portraits de chats posant seuls ou avec leur propriétaire. Souvent, on voyait arriver à l'atelier quelque madame très chic et parfumée, emmenant son matou pour qu'on lui fasse son portrait. Cela occasionnait parfois des scènes animées et risibles. Je me souvenais bien de cette anglaise de York, venue spécialement à Paris pour qu'Art réalise un portrait de son minou. Miss Portkey était habillée d'une longue robe désuète rose avec des empiècements de dentelle bleu ciel. L'embonpoint de cette femme faisait virevolter ses dentelles à chaque pas. J'avais dû utiliser toute mon énergie pour ne pas rire ce jour-là, d'autant que le plus cocasse était le chat lui-même. Il s'appelait Edouardo. Un beau chat de race tout blanc au long pelage soyeux. Miss Portkey l'avait paré de quatre petits chaussons bleu ciel et d'un collier en soie vert émeraude, comme ses yeux. Au bout de ce collier pendait une petite clochette en or, tintant de son son cristallin à chaque mouvement du chat. Pour cette production, Miss Portkey avait imaginé une mise en scène particulière. Elle avait fait venir à l'atelier un grand fauteuil marquise, en bois de violette et tapissé du même rose que sa robe, sur lequel elle s'était assise. Et pour Edouardo, on avait dû placer un haut tabouret peint en blanc, de la même couleur que son pelage, de sorte que quand ils étaient tous deux assis, Edouardo semblait régner sur l'atelier. Art avait excellé dans cette commande, une toile imposante d'un mètre cinquante sur quatre-vingts centimètres, et depuis ce jour, les commandes venues d'Angleterre affluaient. Art, venu s'installer en France pour fuir l'Angleterre qu'il ne supportait plus, se voyait ainsi rattrapé par son succès outre-Manche.

Les douze coups de midi sonnèrent et nous n'avions toujours aucune nouvelle de Monsieur Artipiac. Nous nous retrouvâmes dans la verrière. Le ciel restait gris et le vent balayait les nuages comme s'ils passaient devant un jury et qu'aucun ne faisait l'affaire. Art avait préparé quelques club-sandwichs pour faciliter notre réflexion. Car, comme il le répétait souvent, "à ventre vide, cerveau vide".

— Pensez-vous qu'il ait pu arriver quelque chose à Monsieur Artipiac ? demandai-je prestement.

— Il est inévitablement arrivé quelque chose à Monsieur Artipiac. Je le connais depuis plus de dix ans et s'il y a bien une chose que je sais, c'est que quand il dit quelque chose, il le fait. Or ici, cher ami, il vous dit qu'il reviendra aujourd'hui, mais il n'est point avec nous. Sauf s'il est devenu transparent. Monsieur Artipiac, si vous êtes devenu transparent et que vous êtes ici, je vous prie de bien vouloir vous manifester sur-le-champ, lança-t-il à haute voix à travers l'entrepôt, de son ton le plus sérieux.

— Cessez de faire l'idiot Art, cela ne fera pas revenir Monsieur Artipiac...

— Il ne faut écarter aucune piste Bobby !

— Certes... Peut-être devrions-nous aller faire un tour sur le bureau de Monsieur Artipiac pour voir si quelque chose pourrait nous paraître étrange ?

— Eh bien, je dois vous avouer, cher ami, que je l'ai déjà fait. Je ne voulais pas vous inquiéter, mais ce matin, ne voyant pas Monsieur Artipiac arriver à six heures quarante-cinq comme à son habitude, j'ai supposé qu'il ne viendrait pas. Alors en vous attendant, je me suis permis de fouiller dans ses affaires. Eh bien, que cela vous surprenne ou pas, je n'ai rien trouvé, si ce n'est des bons de commande et diverses factures. Aucun élément en lien avec sa vie personnelle ou avec ce mystérieux message...

— Art, cela ne m'étonne pas de vous !

— Mais je l'ai fait pour votre bien, notre bien ! répliqua-t-il rapidement pour se justifier.

— Vous auriez pu me prévenir plus tôt tout de même... dis-je, à demi vexé de ne pas avoir été mis dans la confidence dès le matin.

— Nous avions convenu de ne rien faire avant midi ou presque, alors nous nous en sommes tenus au plan, et cela vaut mieux pour nous, dit-il d'un air revêche.

— Art, vous connaissez Monsieur Artipiac depuis plusieurs années, ne trouvez-vous pas étrange que vous ne connaissiez si peu de choses de sa vie privée ? De quoi discutiez-vous lors de votre thé quotidien ?

— Monsieur Artipiac est quelqu'un de discret et peu bavard, comme vous le savez. Notre thé du matin relève davantage d'une cérémonie routinière ou d'un rituel, si vous préférez, que d'une grande session de bavardage. Chaque matin, lorsque je nous sers notre thé à la menthe, à Monsieur Artipiac et moi-même, ce dernier me remercie toujours avec amabilité puis attrape un journal aussi vite qu'il ne m'a remercié. Je ne suis même pas sûr de pouvoir lui glisser quelques mots entre le moment où j'ai fini de remplir sa tasse et le moment où il attrape son journal. Son thé descend au fur et à mesure que les pages se tournent. Moi, je reste là à siroter mon jus, contemplant ce même spectacle depuis tout ce temps. La tasse vidée marque la fin du temps de lecture de Monsieur Artipiac. Il se lève, me remercie et nous partons chacun à nos occupations. Comme je vous le disais, cela relève davantage du cérémonial ou de l'échauffement physique en grands sportifs que nous sommes, que d'un réel moment de sociabilité.

— Je vois... Et depuis tout ce temps, vous ne savez rien de Monsieur Artipiac, même pas où il habite ?

— Eh bien, non.

À la suite de cette conversation stérile, nous restâmes pensifs un moment. Le rêve que j'avais fait cette nuit me revint en tête, mais je décidai de ne pas en parler à Art. Après tout, ce n'était qu'un rêve. Il fallait agir avec pragmatisme, avec les éléments dont nous disposions jusqu'à présent.

— Puisque nous ne savons rien de Monsieur Artipiac, nous devons commencer par le commencement et trouver son adresse pour essayer de nous rendre chez lui. Avez-vous une idée de comment nous pourrions procéder, Art ?

— Hum... Si je réfléchis à l'ensemble des éléments en notre possession, c'est-à-dire à peu près rien, j'établirai la stratégie suivante : depuis qu'il a commencé son activité, Monsieur Artipiac tient un carnet manuscrit dans lequel il consigne chaque rendez-vous avec ses clients. Peut-être pourrions-nous trouver un client de longue date toujours en affaires avec Monsieur Artipiac et aller le questionner au sujet de ce dernier comme si de rien n'était ?

— C'est une bonne idée Art, et de toute façon nous n'avons pas d'autres pistes. Alors essayons cela !

Je me rendis au bureau de Monsieur Artipiac. Son bureau était très bien ordonné, et nous trouvâmes facilement le carnet, rangé dans le deuxième tiroir de la partie basse sur l'aile droite. C'était un carnet épais, à la couverture en carton marron clair. Les feuilles blanches étaient quadrillées de petits carreaux bleu foncé. Chaque page était remplie de noms et de dates, écrites à l'encre noire. La première page remontait à plusieurs dizaines d'années. Commença alors le fastidieux travail de repérer un ou plusieurs noms d'anciens clients toujours fidèles et vivants. Comme il n'y avait qu'un seul carnet, ce travail ne pouvait être réalisé à plusieurs. Je décidai de m'y atteler et laissai Art retourner à ses occupations. Je dus reporter mes rendez-vous de l'après-midi pour poursuivre ce travail. Après quelques heures de recherche, je tombai enfin sur un client que Monsieur Artipiac visitait régulièrement. Ce client s'appelait Monsieur Roger. Il habitait sur les hauteurs de Montmartre. Comme il était déjà tard, je décidai de me rendre chez lui le lendemain matin. Je prévins Art de cette bonne nouvelle, dont il se réjouit aussitôt.

Lorsque je rentrai chez moi, il était huit heures passées. En entrant dans l'immeuble, je vis Madame Sylvia encore dans sa loge, lisant un manuel de jardinage. Elle m'adressa un grand sourire quand elle m'aperçut. Je m'engouffrai dans les escaliers sombres et fus avalé par leurs ténèbres avant d'être recraché devant la porte de ma chambre au sixième étage. Un peu plus tard, je me préparai un repas léger que j'engloutis rapidement, assis au bord de ma table usée par la vie, avec pour seule compagnie ma petite lampe orange. Je m'assoupis quelques minutes avant d'être réveillé par un klaxon de voiture dans la rue. En me levant pour me brosser les dents, je vis soudainement au loin, par ma fenêtre, cette lumière allumée, comme un phare. J'éteignis de suite l'ampoule pendante et ma petite lampe orange, puis m'approchai de la fenêtre.

Je la vis alors pour la seconde fois. Elle était encore plus belle que dans mon souvenir. Cette fois, elle était assise sur une chaise au bord de sa fenêtre ouverte, lisant. Sa silhouette brillait dans l'obscurité de la nuit parisienne. Ce soir-là, il n'y avait aucune étoile dans le ciel, comme pour ne pas lui faire d'ombre. De loin, je pouvais observer sa tête passant d'une page à l'autre. Que pouvait-elle bien lire ? J'imaginais ses doigts délicats caresser les pages une à une pour les faire danser l'une après l'autre. Quelle chance ce livre avait, me dis-je. Je fermai les yeux et m'imaginai être là auprès d'elle, la contemplant en pleine lecture. Lorsque je rouvris les yeux, la lumière au loin était éteinte, la fenêtre fermée et les rideaux tirés. Était-ce un rêve, une illusion ? Je me couchai en pensant à elle et m'endormis sans penser au lendemain.

Chapitre 4

Cette nuit-là, j'avais très bien dormi. En me réveillant, j'avais encore le doux souvenir de cette belle jeune femme aperçue à nouveau la veille. Si seulement je pouvais la rencontrer, pensai-je.

La journée s'annonçait chargée, car il fallait que je me rende chez Monsieur Roger. En un rien de temps, je fis ma toilette, pris mon petit-déjeuner et partis. J'avais toujours beaucoup aimé le quartier de Montmartre. Sa position géographique en surplomb de Paris lui donnait un avantage indéniable : depuis ses cheminées, la vue était magnifique.

Monsieur Roger habitait une petite maison de la rue Lepic. Je sonnai. Quelques instants plus tard, un petit monsieur à l'âge avancé arriva au portillon. Je me présentai alors, lui expliquant que je travaillais pour la société de ramonage de Monsieur Artipiac. Je lui présentai ma carte de ramoneur pour l'en assurer et le rassurer, et lui expliquai que j'avais quelques questions à lui poser. Intrigué et affable, Monsieur Roger m'ouvrit sa porte et je le suivis à travers son minuscule jardin puis dans l'étroit couloir d'entrée pour arriver enfin dans une pièce de forme ovale où siégeaient deux fauteuils en rotin. Monsieur Roger m'invita à m'asseoir sur l'un d'eux. Il partit à la cuisine et revint avec deux tasses de café et des petits biscuits. Je ne pus manquer d'admirer la magnifique cheminée en briques rouges qui trônait au milieu de la pièce. Je le remerciai pour cet accueil chaleureux et commençai à lui poser quelques questions d'ordre général sans jamais évoquer la disparition de Monsieur Artipiac.

Alors que j'arrivais au bout de mon interrogatoire imaginaire, je voyais que ma stratégie d'en apprendre davantage sur Monsieur Artipiac n'avait pas porté ses fruits. Je n'avais récolté aucune information sur ce dernier. L'heure passait et je commençais à désespérer. Je décidai alors d'opter pour une ultime ruse plus audacieuse mais aussi plus branlante, c'était ma dernière chance :

— Merci beaucoup Monsieur Roger de m'avoir reçu si aimablement. Je dois avouer que je comprends tout à fait pourquoi Monsieur Artipiac aime tant venir travailler chez vous. Votre cheminée est splendide. Même lui n'en possède sûrement pas une si belle, hasardai-je.

— Je vous remercie, vous me flattez. À vrai dire, c'est un peu cette cheminée qui m'a convaincu d'acheter cette maison il y a fort longtemps. Mais je ne serais pas surpris que Monsieur Artipiac en ait une encore plus jolie que la mienne chez lui ! J'aurais aimé aller vérifier cela de mes propres yeux mais il n'habite malheureusement pas à Paris.

Ma supercherie semblait avoir fonctionné et Monsieur Roger avait mordu à l'hameçon. J'étais cependant surpris d'apprendre que Monsieur Artipiac ne vivait pas dans la capitale. Bien qu'il ne m'ait jamais dit où il habitait, il m'avait pourtant semblé que ce dernier logeait à Paris. Je devais en apprendre davantage.

— Oh, il paraît que son logis est superbe, répondis-je rapidement pour ne pas couper la conversation dans son élan.

— Je n'en doute pas. Je l'ai même toujours pensé. Si j'en avais eu l'occasion, je me serais bien rendu un jour chez lui pour admirer tout cela de mes propres yeux. Je suis un passionné d'architecture, j'ai moi-même été architecte dans le passé. Mais Monsieur Artipiac n'a jamais été très bavard, vous savez, et je n'ai jamais su où il habitait. Lorsqu'un jour ma vilaine curiosité m'avait poussé à vouloir en savoir plus sur tout cela, il m'avait répondu aimablement et en coupant court à la conversation que de toute façon il n’habitait pas à Paris et qu’une telle entreprise n’aurait été qu’une perte de temps. Je n’avais alors pas cherché à creuser davantage et j’avais rangé ma fâcheuse curiosité au fond d’un tiroir.

En entendant cela, le soufflé de mon excitation retomba aussitôt et je compris que je n’en apprendrais pas plus. Je décidai de remercier pour de bon Monsieur Roger pour son accueil et lui promis, en vain, de transmettre son amicale salutation à Monsieur Artipiac. Sur le chemin du retour qui me conduisit à l'entrepôt, je ne pus m’empêcher de repenser à cette conversation que je venais d’avoir avec Monsieur Roger. Monsieur Artipiac m’avait pourtant bien dit un jour qu’il habitait dans le même appartement parisien depuis des années. Mais où pouvait-il alors bien habiter ? Je devais parler de tout cela avec Art, mais une certitude se dessinait désormais : Monsieur Artipiac nous cachait peut-être plus de choses que nous ne le pensions.

Une fois arrivé à l'entrepôt, je vis Art en plein travail derrière une grande toile. Je n’attendis pas qu’il se retourne pour l'interpeller.

– Bonjour Art, il faut que je vous raconte mon entrevue avec Monsieur Roger ! lui lançai-je si hâtivement que je manquai presque de souffle pour finir ma phrase.

– Ah voilà le plus fin limier de la capitale ! me répondit-il avec un sourire en coin qu’il ne put dissimuler.

— Art, en interrogeant ce brave Monsieur Roger, figurez-vous que j'ai appris que Monsieur Artipiac n'habitait pas à Paris !

— Avez-vous donc réussi à dénicher son adresse, pardi ?

— Non, Monsieur Roger ne la connaissait pas non plus. Mais au cours d'une visite passée de Monsieur Artipiac, il avait glané cette information que Monsieur Artipiac ne vivait pas dans la capitale. À moins de ne perdre la tête, je suis pourtant bien certain que Monsieur Artipiac m'avait déjà dit qu'il habitait à Paris depuis bien longtemps. Monsieur Artipiac m'aurait donc menti ou à minima, dissimulé la vérité. Et si Monsieur Artipiac avait prévu de disparaître et de ne jamais revenir ?

— Hum, effectivement, ce que vous dites Bobby me semble plus grave que prévu. Mais pourquoi aurait-il décidé de disparaître si tel était le cas ?

— Je n'en sais rien... Devons-nous en avertir la police ? demandai-je avec une pointe d'inquiétude.

— Surtout pas ! Compte tenu des agissements de Monsieur Artipiac, prévenir la police ne ferait qu'aggraver les choses et nous n'aurions probablement aucune chance de le retrouver. Il nous faut agir plus finement.

— Mais comment ?

— Il est l'heure du thé, Bobby.

Art partit préparer du thé. Je m'aperçus qu'il avait accroché un pinceau sur son oreille droite, dont le manche était marqué d'innombrables taches de peinture. Je ne sais pourquoi, mais l'image qui me vint en tête fut celle d'un flibustier. Je l'imaginais soudainement revenir, crochet à la main, bandeau sur l'œil, perroquet sur l'épaule, pour m'emmener sur son navire à la découverte de l'île mystérieuse où était parti se cacher Monsieur Artipiac. Quand je le vis revenir, Art ne s'était pas transformé en corsaire. Il tenait à la main deux tasses fumantes. Nous nous assîmes sur le canapé de la verrière et commençâmes à boire l'infusion en silence.

— Cher ami, il convient de prendre la plus grande décision de ces dernières décennies concernant l'entreprise des Ramonages Artipiac, lança soudainement Art. Il faut fermer boutique tant que cette affaire n'est pas résolue. Vous devez vous consacrer pleinement à la recherche de Monsieur Artipiac. Dès cet après-midi, vous contacterez tous les clients pour leur annoncer que les rendez-vous sont ajournés jusqu'à nouvel ordre.

— Vous...

— Le temps presse. Chaque minute perdue est une minute pour l'éternité. Je vous laisse Bobby, ma commande doit être finie avant vendredi soir, j'ai du pain sur la planche !

Sur ces mots, Art se leva et repartit à son travail. J'étais déconcerté. Après avoir perdu Monsieur Artipiac, voilà que je perdais mon travail. Mais Art avait probablement raison, il fallait que je consacre désormais toute mon énergie à retrouver Monsieur Artipiac. Je passai donc l'après-midi à contacter les clients pour annuler leur rendez-vous, prétextant un problème d'approvisionnement de matériel qui ne pourrait être résolu avant plusieurs semaines.

Chapitre 5

Cela faisait maintenant plusieurs jours que Monsieur Artipiac avait disparu. Nous n'avions aucune nouvelle et je n'avais eu aucune autre piste depuis ma rencontre avec Monsieur Roger. Puisque j'avais officiellement mis la boutique en arrêt forcé momentané, je n'avais rien d'autre à faire que de consacrer tout mon temps à cette recherche qui me semblait impossible. Cet après-midi-là, j'étais assis sur un banc du square en face de chez moi. Les feuilles des arbres commençaient à jaunir avec l'automne qui arrivait à grandes enjambées. Le vent formait de petits tourbillons sur le sable au sol. Je les regardais se former et disparaître aussitôt. Un pigeon venait de se poser lourdement non loin de moi. Il marchait de ses pas patauds et picorait çà et là des miettes que des passants avaient dû laisser tomber. Une petite fille arriva en courant et le fit s'envoler brusquement. J'imaginai qu'il partit se percher quelque part dans un arbre pour trouver un refuge, ou peut-être sa famille.

Soudain, je la vis. Cette fois, je ne la quitterai pas, j'étais décidé. Elle s'assit trois bancs plus loin que le mien. Une bourrasque vint frapper ses cheveux. D'un geste délicat et assuré, elle les remit en place, comme pour leur signifier qu'avec elle, ils n'avaient rien à craindre. Elle sortit un livre de son sac. J'imaginai que c'était le même livre que l'autre soir. Elle commença à le lire. Elle paraissait si concentrée qu'une tornade ne l'aurait même pas fait ciller. Trop impressionné pour venir à sa rencontre, je ne sus faire autre chose que la regarder durant toutes ces minutes dans le murmure du vent qui soufflait. J'eus l'impression que le temps s'était arrêté. Je regardai alors ma montre et remarquai que près d'une heure s'était écoulée. Quand je relevai la tête, je vis qu'elle avait rangé son livre et qu'elle s'apprêtait à quitter son banc. Cette fois, je ne la perdrai pas. Elle se leva et commença à marcher. Je me décidai à la suivre de loin, m'assurant de garder une distance suffisante afin de ne pas être démasqué. À la sortie du parc, elle prit la première à droite. Elle continua son chemin pendant au moins trois cents mètres. Puis elle tourna à gauche. Je la suivis d'un bon pas, ayant un peu accéléré le rythme pour être sûr de ne pas la perdre mais toujours suffisamment loin, pour ne pas être vu. Elle prit alors à droite une nouvelle fois et s'enfonça dans une rue plus étroite. Là-bas au loin, je vis qu'elle s'arrêtait. Et elle rentra dans ce qui semblait être un immeuble. Je décidai de changer de trottoir, de continuer tout droit et de passer devant l'immeuble où elle était rentrée sans m'arrêter. Lorsque je dépassai cet immeuble, je compris qu'elle était rentrée dans la bibliothèque qui donnait sur la rue. C'était une bibliothèque de taille moyenne à la devanture vert bouteille. J'hésitai un moment sur la conduite à tenir ou la stratégie que j'allais adopter. Finalement, j'entrai dedans et passai devant elle. Elle était derrière le comptoir, assise, la tête déjà replongée dans un livre. Ma stratégie n'allant pas plus loin que cela, je fis mine de rechercher un livre dans l'une des allées de la bibliothèque. Je vagabondais en réfléchissant à ce que j'allais faire. Je tombai par hasard sur l'étagère des grands classiques de la littérature française et aperçus *Le Comte de Monte-Cristo* d'Alexandre Dumas que je n'avais jamais lu. Je l'attrapai pour le feuilleter quand une voix s'éleva doucement derrière mon épaule :

— Bonjour, cherchez-vous un ouvrage en particulier ? Je peux vous aider ?

— Bonjour, non, pas spécialement, répondis-je en balbutiant, le livre de Dumas dans les mains, quand je vis que c'était elle.

— *Le Comte de Monte-Cristo* est un excellent choix, dit-elle en regardant mes mains avec un sourire discret.

Je rougis probablement à ce moment-là. J'espérai qu'elle ne l'ait pas remarqué. Pour ne pas paraître bête, je pris le livre sans même en avoir lu la quatrième de couverture et je la suivis au comptoir de l'entrée. Elle me créa une petite fiche associée à la bibliothèque et enregistra mon livre. Je la remerciai, cachant difficilement mon sourire et sortis de la bibliothèque. Je n'osai pas me retourner de peur de croiser son regard, bien que j'en eusse très envie. Je ne savais pas comment elle s'appelait mais elle connaissait désormais mon prénom grâce à la fiche qu'elle avait remplie. Cela me rendit heureux.

Je rentrai chez moi, le cœur léger. En cette fin d'après-midi, j'avais un peu oublié Monsieur Artipiac pour ne plus penser qu'à elle. La fin de journée passa aussi vite que les nuages étaient balayés par le vent.

Cette nuit-là, je fus réveillé en sueur par ce même songe que j'avais déjà fait auparavant. Je me trouvai là encore enfermé dans cette grande bibliothèque et je vis ce même livre qui me résistait comme la première fois. À chaque fois que j'avais voulu l'ouvrir, je m'étais réveillé aussitôt. Ce rêve était-il en lien avec Monsieur Artipiac ? Comme me le répétait souvent Art, une coïncidence qui arrive deux fois n'est plus une coïncidence. Il était très tôt le matin ou très tard dans la nuit, et je décidai de commencer à lire *Le Comte de Monte-Cristo* emprunté la veille à la bibliothèque en attendant que le soleil se lève. Dès que la bibliothèque ouvrirait, je m'y rendrais afin d'éclaircir mon rêve et de découvrir si ce livre que je voyais pour la seconde fois existait ou n'était que le pur fruit de mon imagination.

Dès que le soleil eut pointé son nez en dehors de sa couverture nocturne, je m'extirpai de mon lit. La bibliothèque ouvrait à huit heures trente et je ne voulais pas être en retard. J'étais très excité de revenir aussi rapidement dans ce lieu car je savais que je la verrais probablement à nouveau. Je pris donc grand soin de choisir mes habits ce matin-là. J'avais aussi mis un peu d'eau sur mes cheveux afin qu'ils se tiennent correctement pour une fois. Une fois prêt, je descendis les escaliers si rapidement que Madame Sylvia eut à peine le temps de lever la tête pour me dire bonjour. Quand j'arrivai devant la jolie devanture de la bibliothèque, je pris une grande inspiration et entrai. Je la remarquai tout de suite derrière le comptoir en train de trier des livres. Elle portait une magnifique robe rouge qui mettait en valeur sa chevelure dorée, comme un bijou élégamment présenté dans un écrin de satin. Je me tenais debout de l'autre côté du comptoir mais elle ne me vit pas immédiatement. Je la voyais si concentrée dans son travail que je n'osais la déranger. Au bout de quelques secondes, elle leva la tête et m'aperçut.

— Oh pardon, j'étais complètement absorbée dans ces livres, je suis désolée. J'espère que vous ne m'attendez pas depuis trop longtemps, dit-elle embarrassée.

— Non, non, je viens d'arriver ne vous en faites pas, répondis-je le plus naturellement du monde.

— Avez-vous déjà fini *Le Comte de Monte-Cristo* depuis hier ? demanda-t-elle surprise mais avec une certaine admiration.

— Non, non, fis-je en esquissant un sourire, bien que j'eusse aimé pouvoir l'impressionner. Je viens vous voir car je recherche un livre.

Je sortis de ma poche le petit papier sur lequel j'avais noté *Les trois cheminées, Albertus Fudge, Éditions Pegasus*, pour le lui donner.

— Je ne connais ni ce livre ni cet écrivain. En revanche, les Éditions Pegasus sont à ma connaissance une ancienne maison d'édition qui a existé au dix-neuvième siècle, dit-elle avec une curiosité non dissimulée. Mais je ne suis certaine de rien, reprit-elle. Vous ne trouverez certainement pas ce livre ici malheureusement. Je ne sais même pas si un tel livre existe encore.

Elle marqua une pause avant de reprendre :

— Cela ne me regarde pas, mais pourquoi cherchez-vous un tel livre ?

— Je travaille avec un ramoneur qui m'a demandé de faire quelques recherches sur le matériel utilisé autrefois, et ce livre dont le titre cite explicitement les cheminées permettrait sûrement d'éclairer cette recherche historique, me surpris-je à inventer avec beaucoup de conviction.

— D'accord, répondit-elle sans faire de remarque. Pour être honnête, je n'ai jamais vu un seul livre des Éditions Pegasus. Le seul endroit dans Paris où l'on pourrait trouver des livres aussi anciens et probablement très peu édités comme le vôtre est la Grande Bibliothèque des Lumières. Il faudra vous rendre dans le département des manuscrits anciens. Il n'est pas accessible au public en temps normal mais la conservatrice en chef de l'établissement en a la clé. J'ai déjà dû faire des recherches au sein de ce département. Je pourrai vous aider si vous le souhaitez.

En entendant cette proposition, mon cœur se mit à battre à mille à l'heure. Je repris mes esprits afin de répondre naturellement.

— Je vous remercie, ce serait avec grand plaisir.

— Je ne travaille pas mercredi matin. Nous pourrions y aller à ce moment-là si cela vous convient ?

— Cela me convient parfaitement, répondis-je hâtivement.

— Rendez-vous ici devant la bibliothèque à neuf heures mercredi alors et nous irons ensemble.

— Merci beaucoup pour votre aide !

— Au fait, je m'appelle Victoria. Et peut-être que l'on pourrait se tutoyer ? dit-elle alors que je m'apprêtais à quitter la bibliothèque.

Je lui rappelai à mon tour mon prénom qu'elle avait déjà noté sur sa fiche, ce qu'elle ne manqua pas de me rappeler puis, je sortis de la bibliothèque. Je laissai alors échapper un sourire de satisfaction.

Lorsque j'arrivai à l'immeuble, Madame Sylvia était toujours au même endroit que lorsque je l'avais vue un peu plus tôt. Elle était assise dans sa loge, attablée à son bureau. Une serre miniature y était posée.

— Bonjour mon petit, les nouvelles sont bonnes ?

Je n'avais pour l'instant mis personne au courant de la disparition de Monsieur Artipiac, surtout pas Madame Sylvia.

— Très bonnes ! lui répondis-je avec un sourire qui n'avait pas quitté mon visage depuis la bibliothèque, et je crois qu'il n'échappa pas à Madame Sylvia qui me renvoya aussitôt un sourire complice. Que faites-vous là Madame Sylvia ?

— J'ai acheté hier cette petite serre expérimentale et j'en ai profité pour passer au Jardin des Plantes récupérer trois pieds de plantes carnivores. Et voilà que je viens de les mettre en terre. Je vais les nourrir de quelques drosophiles et je les bichonnerai tous les jours. Quand elles auront atteint leur majorité, je les déplacerai dans les massifs au pied de l'escalier.

— Faites attention à vous Madame Sylvia ! lançai-je en riant.

Puis je disparus dans les escaliers pour regagner ma chambre du dernier étage.

Chapitre 6

Mercredi matin arriva. Je retrouvai Victoria à neuf heures devant la bibliothèque où elle travaillait. Nous arrivâmes une trentaine de minutes plus tard devant la grille de la Grande Bibliothèque des Lumières. C'était une grille noire en fer forgé majestueuse et imposante, surmontée de piques saillantes en forme de fleurs. Les fleurs du mal, pensai-je. Derrière cette grille, on pouvait admirer la cour intérieure à la géométrie harmonieuse où jaillissaient de hauts palmiers tout droit sortis des entrailles de la Terre. Nous pénétrâmes dans l'enceinte, traversâmes la cour pour arriver enfin dans l'entrée après avoir franchi une lourde porte en bois sculptée de mascarons. Tel le gardien d'un lieu sacré, nous fûmes accueillis par l'imposante statue en marbre de Charles-Joseph Panckoucke, célèbre éditeur de l'Encyclopédie des Lumières et bâtisseur de ce sanctuaire littéraire édifié pour traverser les siècles.

Je suivis Victoria, qui semblait en effet bien connaître ce lieu, à travers un dédale de couloirs labyrinthiques. Nous arrivâmes devant une porte bien plus ordinaire que l'ensemble de l'édifice. Une petite plaque dorée y était apposée sur laquelle on pouvait lire "Théodora Newton, conservatrice de la Grande Bibliothèque des Lumières". Victoria frappa trois coups nets à la porte. Quelques instants plus tard, une grande femme à l'allure élégante et aux cheveux d'un blanc éclatant apparut.

— Bonjour Victoria, je ne m'attendais pas à vous voir aujourd'hui. En quoi puis-je vous aider ?

— Bonjour Madame Newton, je viens vous voir pour aider mon ami ici présent dans une recherche un peu particulière. Et je sais que vous êtes la personne qui pourra l'aider.

— Votre sens de l'intrigue est toujours aussi aiguisé, entrez, répondit-elle à Victoria en m'adressant un sourire discret.

Elle nous fit entrer dans son bureau. Le bureau de Madame Newton était très haut de plafond et tout en longueur, délimité d'un côté par la porte d'entrée et de l'autre par une large fenêtre composée de cinquante-deux carreaux uniformes que j'avais eu le temps de compter. Son bureau se trouvait à l'extrémité sous la fenêtre. Le mur de gauche était décoré de vingt-sept tableaux représentant les vingt-sept conservateurs en chef depuis la création de la Grande Bibliothèque des Lumières. Alors que nous suivions Madame Newton vers son bureau, j'aperçus le tableau qui la représentait et le trouvai plutôt réussi. Le mur de droite consistait en une succession d'étagères sur lesquelles reposaient d'innombrables livres, dossiers et classeurs en tous genres. Quand nous arrivâmes au bout de cette longue pièce dont la déambulation me parut interminable, nous fûmes invités à nous asseoir dans deux petits fauteuils joliment tapissés.

— Racontez-moi tout, lança-t-elle avec curiosité.

Sans piper mot de mon songe étrange, je lui expliquai la raison de notre venue, la même que j'avais donnée l'autre jour à Victoria, à savoir notre recherche de ce fameux ouvrage ancien, *Les trois cheminées*, d'Albertus Fudge, aux Éditions Pegasus. Lorsque Madame Newton entendit ces mots, je vis une moue se dessiner sur son visage.

— Je sais que je peux avoir confiance en Victoria, alors je vais vous raconter une histoire. En juin 1870 naquit Albertus Fudge. Fils de paysans auvergnats, il se fit remarquer dès son enfance pour son intelligence très supérieure à celle des enfants de son âge. Ceci lui attira les foudres de certains habitants des environs si bien qu'on essaya de l'assassiner et qu'on l'accusa de sorcellerie. Pour le protéger, ses parents utilisèrent toutes leurs économies pour l'envoyer dans un pensionnat religieux à Paris. Le jeune Fudge excellait dans toutes les disciplines qu'il entreprenait et nombre de ses professeurs le qualifièrent de jeune prodige. Mais plus Fudge grandissait et excellait dans ce qu'il faisait, plus il s'enfermait dans un monde solitaire et s'éloignait de toutes relations sociales. On raconte que Fudge ne serait jamais sorti de ce pensionnat et qu'il y serait mort, seul et devenu à moitié fou. À la fin de ses années de pensionnaire et peu avant de mourir, Fudge y écrivit une série de contes, *Les trois cheminées*. En fait, c'est le titre du premier conte qui a donné le titre à l'ensemble du recueil de contes qui en dénombrait huit au total. Ces contes furent édités par les Éditions Pegasus. Les Éditions Pegasus sont une maison d'édition fondée en 1884 par Horace Pegasus. Nous n'en savons que très peu sur cette maison d'édition qui n'aurait édité, à notre connaissance, que cet unique livre d'Albertus Fudge. Pegasus serait mort de façon mystérieuse dans les années 1890 et on raconte qu'on aurait retrouvé ses os calcinés dans le foyer de sa cheminée. Sombre histoire ; tout ceci est très étrange. Bien sûr, personne n'est capable de dire si tout cela est vrai ou si c'est une simple légende transmise génération après génération. Je l'ai moi-même reçue de mon père, précédent conservateur de la Grande Bibliothèque des Lumières.

Nous remerciâmes Madame Newton pour ce récit aussi effrayant que mystérieux. Nous nous étions laissés complètement immerger par le flot de ses paroles. Madame Newton devança notre pensée et continua alors :

— Nous possédons ici à la Grande Bibliothèque des Lumières un unique exemplaire du livre de Fudge *Les trois cheminées*. Il est précieusement gardé dans la section des livres anciens, non ouverte au public. J'imagine que cela vous intéresserait d'y jeter un œil ? dit-elle avec un sourire en coin.

— Effectivement cela serait avec grand plaisir, Madame Newton, répondis-je avec enthousiasme après avoir lancé un regard triomphant à Victoria.

— Suivez-moi alors, répondit-elle en se levant de ce pas.

Nous suivîmes à nouveau Madame Newton dans le sens inverse cette fois. Après être sortis de son bureau, nous empruntâmes un nouveau dédale de couloirs et d'escaliers qui nous fit arriver dans une immense salle ovale entièrement parée d'étagères en bois avalant des livres par milliers. De multiples échelles en bois permettaient de gravir les montagnes de livres qui montaient jusqu'au très haut plafond qui semblait ne jamais s'arrêter. Au milieu du plafond trônait une gigantesque coupole en verrière. Les motifs bleus des carreaux s'entremêlaient aux motifs verts aux formes florales, qui laissaient parfois leur place à des motifs orangés et jaunes. Lorsque les rayons du soleil frappaient l'édifice de toutes leurs forces, la salle aux mille et un livres rayonnait de toute sa superbe. J'étais émerveillé devant ce spectacle qui s'offrait à nous alors que nous traversions la salle en suivant le pas rapide de Madame Newton. Lorsque nous finîmes de traverser ce monde de livres, nous empruntâmes à nouveau plusieurs couloirs et escaliers avant d'arriver enfin devant une porte en acier blindé qui ressemblait davantage à une porte de coffre-fort qu'à une porte de bibliothèque. Madame Newton sortit son trousseau de clés et trouva sans effort la clé qui allait nous faire entrer dans cet autre monde, celui des livres anciens. Lorsque j'entrai à l'intérieur, je fus frappé par la ressemblance que cette salle avait avec celle de mon rêve. D'un pas assuré, Madame Newton nous emmena directement à la section des livres du dix-neuvième siècle. Lorsque je vis cette couverture bleu marine et ces lettres calligraphiées en or, je sus que c'était celui-ci. Un frisson me parcourut. Madame Newton le sortit de l'étagère avec beaucoup de délicatesse, comme si elle retirait un bijou de sa boîte précieuse. Elle enleva la fine couche de poussière qui l'avait habillé de son manteau grisâtre et nous le tendit.

— Voici le livre qui vous a fait venir jusqu'ici, dit-elle en chuchotant, comme si la solennité de l'endroit incitait à la discrétion.

Victoria me jeta un regard.

— Merci beaucoup Madame Newton. Puis-je emprunter le livre d'Albertus Fudge et venir vous le rendre dans quelques jours ? demandai-je.

— J'aurais sincèrement aimé pouvoir vous dire oui mais tous les livres anciens ont l'interdiction de sortir de ce bâtiment. Ce sont des livres très rares, souvent uniques dans le monde et qui risqueraient de s'abîmer ou d'être perdus dehors. Certains ont même beaucoup de valeur. C'est pour cela qu'une importante porte blindée a été installée, nous expliqua Madame Newton.

— D'accord, je comprends, fis-je déçu. Pouvons-nous alors au moins y jeter un œil ici ?

— Bien sûr, je vous accorderai bien volontiers quelques minutes de lecture.

Elle nous tendit le livre d'Albertus Fudge et je l'attrapai. Je le feuilletai et vis qu'il se composait effectivement de plusieurs contes. Le premier était bien *Les trois cheminées*. Mais la faible lumière de la salle, qui avait pour but de ne pas abîmer les ouvrages anciens, rendait très difficile la lecture. Victoria me regarda d'un air désespéré qui voulait sûrement dire “tout ça pour rien”. Soudain, la curiosité de Madame Newton fut attirée deux allées plus loin par un autre ouvrage. Victoria sauta sur cette occasion et me dit :

— Distrais Madame Newton pendant deux minutes, s'il te plaît.

Je ne compris pas le but de cette manigance mais je m'exécutai. J'allai ainsi voir Madame Newton qui avait pris un autre livre dans ses mains et lui posai une ou deux questions d'ordre général sur la Grande Bibliothèque des Lumières. Peu de temps après, je vis alors Victoria arriver, le livre de Fudge à la main.

— Merci beaucoup Madame Newton de nous avoir reçus et de nous avoir permis d'entrer dans la salle des livres anciens, habituellement non ouverte au public. Nous n'allons pas abuser de votre temps et allons rentrer, dit Victoria.

— C'est toujours un grand plaisir pour moi, surtout quand de jeunes passionnés portent un si grand intérêt aux livres, répondit-elle en se réjouissant.

Victoria lui tendit l'ouvrage d'Albertus Fudge. Madame Newton alla le remettre à sa place sur l'étagère puis nous nous dirigeâmes vers la sortie. Après avoir remercié une dernière fois Madame Newton, nous sortîmes enfin de la Grande Bibliothèque des Lumières. Je me pressai alors de demander à Victoria ce qu'elle avait fait lorsque je distrayais Madame Newton dans la salle des livres anciens. Victoria attrapa son sac et en sortit plusieurs pages.

— Mais tu es complètement folle ! lui lançai-je, ahuri.

— Quand tu étais occupé à discuter avec Madame Newton, j'ai discrètement arraché toutes les pages qui correspondaient au conte *Les trois cheminées*, répondit-elle avec un calme qui dépassait les limites de mon entendement. Je suis certaine que personne ne viendra chercher ce livre à nouveau avant des dizaines d'années. Et je crois que tu as besoin de ces pages, je me trompe ? dit-elle avec un ton inquisiteur.

— Mais...

— Si tu me disais plutôt pourquoi nous avons vraiment fait tout ça ? me coupa-t-elle aussi sec avec le regard d'une personne à qui on ne peut cacher la vérité.

Vaincu, je commençai alors à tout lui raconter depuis le début, sur le chemin qui nous ramenait à la bibliothèque : le message mystérieux de Monsieur Artipiac, sa disparition, mon rêve, etc. Quand nous y arrivâmes, midi était déjà passé. Elle devait y travailler cet après-midi-là et je dus donc la laisser. Avant de nous quitter, elle glissa dans la poche de ma veste les feuilles qu'elle avait arrachées au vieux manuscrit et me murmura :

— Ne les perds pas.

— Merci pour tout à l'heure. Cela te dirait de dîner ensemble ce soir ? Je connais un très bon petit restaurant à côté du square là-bas.

— Avec plaisir, répondit-elle en souriant.

Je lui donnai l'adresse du restaurant puis je retournai chez moi.

Le conte racontait l'histoire de deux frères et d'une sœur... Ils étaient intelligents, très riches et régnaient sur toute une région composée de lacs et de montagnes. Ils habitaient chacun à un coin opposé de leur royaume. Un jour, une vieillarde frappa à la porte du frère le plus âgé pour lui demander son hospitalité. Pris au dépourvu, ce dernier accepta de la loger pour la nuit. Le lendemain, pour le remercier de son hospitalité, la vieillarde lui dit qu'elle pouvait donner un pouvoir à sa cheminée. Ce dernier eut du mal à la croire mais il n'avait rien à perdre alors il lui demanda que la cheminée aspire toute la connaissance du monde afin qu'il soit doté de la plus grande intelligence qui soit. La vieillarde s'exécuta et donna à la cheminée ce pouvoir. Désormais, le frère aîné allait pouvoir absorber les connaissances du monde et grâce à cela il pourrait étendre le royaume et sa puissance. Le jour suivant, la vieillarde se rendit chez le second frère à l'autre bout du royaume. Ce dernier accepta également de lui offrir son hospitalité pour la nuit. Le lendemain matin, pour le remercier, la vieillarde lui fit la même proposition qu'à son frère aîné. Ce dernier lui demanda alors que le feu de sa cheminée puisse transformer tout ce qu'il y ferait brûler en or. La vieillarde s'exécuta et donna à la cheminée ce pouvoir. Désormais, le petit frère allait pouvoir devenir l'homme le plus riche du monde et avec cela il achèterait le monde et en deviendrait l'homme le plus puissant. Enfin, la vieillarde se rendit chez la sœur cadette. Cette dernière lui offrit son hospitalité pour deux nuits. Comme pour ses deux frères, elle se vit recevoir la même proposition de la vieillarde qui souhaitait alors la remercier. La sœur lui demanda alors que cette cheminée ne soit jamais détruite. Bien que surprise par cette demande, la vieillarde s'exécuta et conféra à la cheminée le don de ne jamais pouvoir être détruite par quiconque. Au fil du temps, les deux frères furent rongés par les pouvoirs de leur cheminée. Le premier, ne voulant plus quitter sa cheminée qui le rendait plus intelligent jour après jour, finit par être consumé par la faim et la soif et mourut seul, vaincu par sa cheminée et par sa vanité. Sa maison jugée maudite pour l'avoir rendu fou, fut détruite. Le second frère, devenu l'homme le plus riche du monde avec tout l'or qu'il avait créé grâce à sa cheminée, attira la jalousie des hommes qui l'entouraient. Il fut assassiné et pillé lors d'une nuit et sa demeure fut brûlée. Enfin, la sœur, quant à elle, vécut une longue vie heureuse. Un soir d'hiver, la sœur, devenue une vieille dame, s'accroupit près de la cheminée, en descella une pierre pour y déposer un petit objet et remit la pierre. Elle mourut peu de temps après, blottie au coin de sa cheminée qui crachait ses plus belles flammes de tristesse.

J'avais passé tout l'après-midi à lire et relire ce conte. Cette histoire ne me semblait avoir ni queue ni tête et je me demandai si un lien existait réellement avec la disparition de Monsieur Artipiac.

Le soir, je retrouvai Victoria pour dîner avec elle. C'était la première fois que nous passions un vrai moment tous les deux. Nous discutâmes un peu de cette étrange journée et du conte d'Albertus Fudge. Heureusement, la bouteille de vin que nous avions prise nous fit vite oublier le poids de tout cela l'espace d'une soirée et l'atmosphère en fut bien plus légère.

Chapitre 7

Ce matin-là, l'automne avait bien remplacé l'été. Les feuilles amorçaient leur chute et les oiseaux avaient déguerpi. Le vent frais qui agressait mon visage sur le chemin de l'entrepôt acheva de me réveiller. Nous avions passé une soirée délicieuse avec Victoria. Il était neuf heures lorsque j'arrivai à l'entrepôt. Je le traversai et vis Art à son œuvre derrière une toile.

— Bonjour Art ! lançai-je, content de le revoir.

— Bonjour Bobby, quelle joie de vous revoir enfin ! Je commençais à croire que vous aussi aviez disparu, comme ce pauvre Monsieur Artipiac, fit-il, la mine peinée.

— Je viens justement vous apporter quelques nouvelles sur l'avancée de mes recherches, lui répondis-je.

Soudain, je sentis une masse mouvante me frôler le mollet droit et sursautai aussitôt.

— Kelly, je te prie de bien vouloir saluer mon ami, dit Art en lançant un regard vers mes pieds. Je vous présente Kelly, Bobby. Avec la disparition de Monsieur Artipiac et vos absences répétées, je commençais à me sentir bien seul dans mon atelier. Alors j'ai adopté Kelly, cette merveilleuse petite créature à poils. À vrai dire, je pense que c'était même un coup du destin. Figurez-vous qu'alors que je rentrais un soir chez moi, j'ai entendu du bruit provenant d'une poubelle métallique qui se trouvait non loin de moi dans la rue. Je suis aussitôt allé voir ce qu'il se tramait. Quand j'ai ouvert la poubelle et que j'ai vu ces petits yeux qui brillaient dans l'obscurité et qui me regardaient, mon cœur fut déchiré en lambeaux. Je décidai aussitôt que Mademoiselle Kelly serait ma nouvelle compagnie. Elle m'accompagne désormais tous les jours à l'atelier. J'avais hâte de vous la présenter.

— Enchanté Kelly, dis-je résigné. Avec Art, j'avais appris que l'inhabituel était habituel et je pouvais très bien m'attendre à ce qu'un jour je le visse arriver dans un sous-marin perçant de son nez le sol de l'entrepôt.

— Je vais nous préparer du thé pour que nous puissions discuter, me dit-il enfin.

Lorsqu'il revint avec les tasses bouillantes, je m'étais déjà installé dans le canapé de la verrière. Je commençai alors à tout lui raconter en détail ; le songe mystérieux qui m'avait réveillé deux fois en pleine nuit, ma rencontre avec Victoria - qui ne lui échappa pas puisqu'il me lança sur-le-champ un sourire goguenard -, notre visite à la Grande Bibliothèque des Lumières, et les pages arrachées du conte d'Albertus Fudge. J'essayai de ne rien omettre dans mon récit. Art m'écoutait avec une attention si intense que durant tout mon récit il avait maintenu sa tasse de thé à quelques centimètres de sa bouche sans en boire une gorgée.

— Voilà, je crois que je n'ai rien oublié, lui dis-je enfin. J'ai repassé en boucle les éléments dans ma tête mais je ne vois vraiment pas où tout cela nous mène, fis-je à moitié désespéré.

— Tout cela est très étrange, en effet. Avez-vous apporté les feuillets du conte d'Albertus Fudge ?

Je les sortis de ma sacoche et les tendis à Art.

— Merci Bobby, j'y jetterai un œil tout à l'heure. En attendant, il me faut moi aussi vous parler de quelque chose. Mon tempérament de tête-de-mule obstinée, pour reprendre les mots de ce cher Monsieur Artipiac, aura porté ses fruits. Bon, peut-être pas un panier de pommes mais au moins une pomme. Vous souvenez-vous de votre visite chez Monsieur Roger l'autre fois ?

— Très bien, répondis-je en attendant la suite du récit.

— Eh bien, figurez-vous que lorsque vous en êtes revenu pour me déclarer que selon Monsieur Roger, Monsieur Artipiac n'habitait pas à Paris, je ne pouvais me résigner à abandonner cette piste. Je dus donc réfléchir à un nouveau stratagème afin de trouver son adresse. J'eus alors l'idée de me rendre à la préfecture de police de Paris. Feintant d'avoir retrouvé un effet personnel de Monsieur Artipiac, je demandai alors si l'on pouvait m'indiquer son adresse postale afin que je puisse le lui faire parvenir par colis privé dans les meilleurs délais. Je mis toute ma ferveur théâtrale en scène afin que l'employé au comptoir n'eût aucun doute sur ma bonne foi. Convaincu par ma prestation, ce dernier s'exécuta avec diligence. Il fut presque gêné quand quelques minutes plus tard, après avoir effectué ses recherches, il m'annonça qu'il n'avait aucune trace de ce Monsieur Artipiac dans sa base de données et qu'il ne devait donc pas habiter à Paris. Cela confirmait donc bien les dires de Monsieur Roger. Il me renseigna alors que les adresses étaient consignées par département et qu'il convenait de se rendre dans le département d'habitation de Monsieur Artipiac pour avoir une chance de trouver son adresse précise. Non résigné à abandonner, je m'élançai alors avec mon nouveau tour de passe-passe dans chaque préfecture de police, département après département. Après plusieurs jours de cavale, j'étais rendu à la préfecture de police de Seine-et-Marne. Je commençais sincèrement à douter de l'existence réelle de Monsieur Artipiac tant il semblait fantôme dans tous les registres que je demandais. Comme j'en avais maintenant l'habitude, la dame au comptoir me fit patienter de longues minutes. Je m'attendais à la même réponse à laquelle j'avais fini par m'habituer : "Aucune trace de ce Monsieur Artipiac dans nos registres, il ne doit pas habiter dans ce département, désolé." Cependant, cette fois, la dame revint avec un petit papier griffonné à l'encre bleue. Mon cœur ne fit qu'un tour quand je remarquai que c'était bien une adresse.

— Bravo, vous êtes un as Art ! m'exclamai-je.

— Mais ma surprise ne s'arrêta pas là, répondit-il aussitôt. Lorsque je pris le papier marqué de l'adresse de Monsieur Artipiac, quelle ne fut pas ma surprise en remarquant que Monsieur Artipiac habitait sur une péniche !

— Sur une péniche ?! m'étranglai-je.

— Oui, vous ne rêvez pas. Si cette adresse est la bonne, Monsieur Artipiac habiterait bien dans une péniche en bord de Seine près de Fontainebleau. Votre visite d'aujourd'hui tombe à pic car cette information est toute fraîche d'hier. Et maintenant que nous avons une adresse, il nous faut préparer un plan pour nous rendre chez Monsieur Artipiac ! s'enquit Art, l'âme d'un détective.

Plus cette recherche avançait, plus les éléments que nous découvrions étaient déconcertants. Mais Art avait raison, il fallait que nous nous rendions chez Monsieur Artipiac quelles qu'en soient les circonstances. J'étais encore plongé dans mes pensées quand Kelly vint se frotter à moi une nouvelle fois et me fit sursauter.

— Avez-vous réfléchi à un plan, Art ?

— Afin de ne pas éveiller de soupçons, je pense qu'il faudra se rendre chez Monsieur Artipiac de nuit. Que diriez-vous de nous y rendre dans deux jours, dans la nuit de jeudi à vendredi ? me demanda-t-il.

— Rentrer par effraction n'est pas quelque chose qui me plaît généralement, toutefois je crains que nous n'ayons d'autres options... Mais d'ailleurs, comment allons-nous pénétrer à l'intérieur de la péniche de Monsieur Artipiac puisque nous n'avons pas de clé ?

— En forçant la serrure, bien sûr, dit-il très calmement comme si cela découlait de l'évidence.

— Mais vous êtes fou Art !

— La péniche où vit Monsieur Artipiac est dans un endroit isolé, le bruit d'une serrure forcée n'éveillera aucun soupçon, ne vous en faites pas. Et comme Monsieur Artipiac a disparu, je ne pense pas qu'il nous en voudra quand nous lui expliquerons, si nous le retrouvons je l'espère, que nous avons forcé sa serrure dans le but de venir lui porter secours. Et puis, je ne crois pas que nous ayons d'autres choix, dit-il implacablement.

— Si vous le dites...

— Puisque vous acceptez, retrouvons-nous ici jeudi soir à vingt-trois heures trente. Nous partirons avec ma voiture. Assez discuté l'ami, il faut que je retourne à mes chats maintenant. Kelly, viens donc ma chérie.

Et Art se leva pour repartir en direction de son atelier. Je décidai quant à moi de passer un peu de temps à ranger et ordonner l'entrepôt qui relevait plus du champ de bataille que d'un atelier de ramonage. Monsieur Artipiac avait accumulé un retard très important dans le tri des factures et l'encaissement des clients. Je m'attelai à cette tâche laborieuse et me raccrochai à la réalité comme la suie à une cheminée.

Sur le chemin du retour, je m'arrêtai à la bibliothèque de Victoria. Quand je la vis à travers la grande vitre, je la trouvai toujours aussi charmante. C'est comme si tous ces livres la mettaient en valeur sous les projecteurs des écrivains les plus connus. Je savais qu'elle allait bientôt finir sa journée. Je passai la porte et flânai un peu dans les allées de papier. Quand j'arrivai devant l'étagère des grands classiques de la littérature française, je pensai au *Comte de Monte-Cristo* que je n'avais pas avancé d'une page depuis des jours et qui paressait confortablement au chaud sur ma table de nuit, attendant qu'un jour peut-être je l'ouvre à nouveau. Bien que je ne sois pas un grand lecteur et encore moins un grand littéraire, j'éprouvais désormais de l'affection pour ce livre qui d'une certaine manière me liait à Victoria. Peut-être était-ce pour cela qu'au fond je ne voulais pas en faire avancer ses pages afin de le garder plus longtemps avec moi.

Victoria me fit signe qu'elle avait fini. Elle avait emballé toutes ses affaires et était prête à fermer la bibliothèque. Une fois sortis, je lui proposai d'aller nous promener le long des quais de Seine. Je ne sus pourquoi cette idée me vint en tête. L'idée la ravit et nous nous dirigeâmes ainsi vers le fleuve, accompagnés de cette brise fraîche qui venait nous enlacer et nous rapprocher pour créer un peu de chaleur. Nous nous assîmes sur un banc et je fus absorbé par le défilé des péniches qui traversaient Paris. J'imaginai un instant Monsieur Artipiac à bord de l'une d'elles.

Chapitre 8

Jeudi soir, je me présentai à vingt-trois heures trente précises devant l'entrepôt. Je n'étais jamais venu ici aussi tard. La ruelle était éclairée de quelques lampadaires qui jetaient leur lumière sur les pavés pour en faire rebondir un peu de clarté. Je vis soudain arriver au loin une voiture qui me sembla minuscule et dont les phares m'éblouirent. Je me demandai alors comment cette grande asperge d'Art pouvait rentrer dans un tel habitacle. Quand il s'arrêta devant moi, je remarquai que sa voiture était une vieille Mini Austin toute noire avec deux bandes blanches sur le capot. Il baissa la fenêtre et me pressa de monter.

— Nous n'allons quand même pas faire la route dans ce pot de yaourt, Art ! Franchement, vous auriez pu faire plus discret...

— Pas de panique Bobby, ça fait partie du plan, me dit-il. Montez vite !

Je grimpai dans cette voiture pour lilliputiens et il continua :

— J'ai mis dans le coffre une grande bâche de camouflage. Sa petite taille en fait un allié parfait pour notre plan et nous pourrons la cacher facilement, lança-t-il avec malice. Accrochez-vous l'ami, c'est parti ! Nous en avons pour une bonne heure et demie.

Après une heure de route, nous sortîmes de l'autoroute pour gagner des voies plus étroites flanquées de bois et de champs. Alors que nous arrivions aux abords de Barbizon et que je priai afin qu'aucun sanglier n'eût la bonne idée de venir rencontrer notre embarcation, Art fut soudain pris d'un élan de poésie nostalgique :

— Ah Barbizon, toi qui as vu naître de si grands artistes sur ton territoire, je te remercie de nourrir encore l'imagination de nombreuses générations de peintres, proclama-t-il avec une certaine émotion mélancolique dans la voix.

— Tout va bien Art ? Je peux prendre le relais si vous le souhaitez.

— Je vais extrêmement bien, passer par Barbizon me remplit d'énergie artistique ! Savez-vous que c'est ici que certains des plus grands peintres français ont réalisé leurs plus beaux chefs-d'œuvre ? Prenez par exemple Corot ou Daubigny, quels artistes ils ont été et quels guides ils sont pour des générations de peintres, encore aujourd'hui.

J'écoutais religieusement ce cours d'histoire de l'art donné par Art bien que je fusse surtout très préoccupé par la faible protection qu'offrait cette voiture en cas de rencontre nocturne malencontreuse. Mes craintes ne furent que renforcées lorsqu'une fois la contrée de Barbizon passée, nous pénétrâmes profondément dans la forêt de Fontainebleau à cette heure avancée de la nuit. Après une traversée qui me parut interminable, nous finîmes par arriver au bord de la Seine non loin de la péniche de Monsieur Artipiac, vers une heure du matin. Art gara sa voiture derrière un petit bois, ouvrit le coffre, prit la bâche et une boîte à outils. Il recouvrit alors la voiture avec la toile de camouflage de sorte qu'elle ne soit plus visible et nous partîmes en direction de la péniche.

La péniche de Monsieur Artipiac était accostée sur une berge isolée de toute habitation environnante. Pour y parvenir, nous dûmes longer un chemin de terre flanqué de hautes herbes. L'obscurité était presque totale. La Lune ne devait être qu'à son premier quartier, ce qui renforçait cette sensation de ténèbres profondes. Art sortit une lampe de poche emportée avec lui afin d'éclairer nos pas.

— Nous y sommes presque, me murmura-t-il.

La péniche se rapprochait effectivement à grands pas, à mesure que mon angoisse se renforçait. Nous arrivâmes enfin sur la berge qui maintenait cette embarcation à terre. Art éteignit sa lampe.

— Je vais longer la péniche pour voir si je ne remarque rien de suspect. Vous, attendez-moi ici, me chuchota-t-il.

Art revint après quelques instants.

— Nous pouvons monter à bord, je n'ai rien vu de louche, dit-il toujours en chuchotant.

Nous montâmes alors à bord du bateau grâce à la planche qui faisait office de pont entre la terre et l'embarcation. Nous arrivâmes rapidement devant la porte principale qui permettait d'entrer à l'intérieur de l'habitacle. Elle était située de l'autre côté de la péniche, du côté du fleuve. Art ouvrit alors la boîte à outils qu'il avait emportée et en sortit un pied de biche.

— Vous êtes sûr que c'est une bonne idée Art ? lui demandai-je à demi rassuré en imaginant la porte bientôt hors d'usage.

— C'est pour le bien de Monsieur Artipiac, me répondit-il d'un air qui laissait croire qu'il en avait reçu l'autorisation de ce dernier lui-même.

Art positionna l'outil et après qu'un craquement sourd fut émis, la porte céda. Nous pénétrâmes alors dans la demeure flottante de Monsieur Artipiac. Art sortit de la boîte à outils une seconde lampe torche qu'il me tendit.

— Vous allez en avoir besoin, me dit-il.

Sous la lumière artificielle de nos lampes, nous découvrîmes l'habitat de Monsieur Artipiac. La pièce qui se présentait à nous était d'une superficie assez importante. J'eus l'impression qu'elle faisait presque toute la longueur de la péniche et elle en prenait aussi toute la largeur puisque nous pouvions remarquer les hublots sertis de chaque côté dans les murs. Un parquet en bois exotique aux reflets orangés recouvrait le sol, ce qui devait donner un aspect assez chaleureux à la pièce à la lumière du jour. Un grand canapé en velours usé dormait au centre de la pièce contre le mur droit de l'habitacle. En face de celui-ci, deux fauteuils club en cuir semblaient lui faire la conversation. L'extrémité de ce grand salon était sûrement dédiée au bureau personnel de Monsieur Artipiac. Je m'en approchai, muni de ma lampe pour en explorer cette partie de la pièce. Par terre, un grand tapis aux couleurs rougeoyantes décorait cette peinture fluviale. Un bureau était installé contre le mur de l'embarcation à gauche, sous un hublot ovale qui donnait sur la Seine. Ce bureau comportait quatre petits tiroirs de chaque côté et un grand tiroir en son centre sous le plateau central. Une chaise en bois, dont les accoudoirs formaient deux têtes de cygnes, trônait enfoncée sous le bureau. Je tirai la chaise et m'assis dessus, face au bureau de Monsieur Artipiac. Je commençai alors à ouvrir méthodiquement les tiroirs un à un en commençant par ceux de gauche. Ils étaient à l'image du Monsieur Artipiac que j'avais connu : très bien rangés. Ils comportaient bibelots, presses papier, stylos, finalement tout ce qu'un bureau des plus classiques pouvait renfermer. Je continuai en ouvrant le grand tiroir du milieu, puis ceux de droite mais je ne trouvai ici et là rien d'intéressant pour notre recherche. Il n'y avait là rien d'anormal ou de suspect. Je me levai afin d'aller faire part à Art de mes recherches infructueuses. Je le trouvai dans l'étroite cuisine située à l'arrière de la péniche.

— J'ai fouillé tout le salon et chaque recoin du bureau de Monsieur Artipiac mais je n'ai rien trouvé pouvant nous aider, soupirai-je.

— Je n'ai rien trouvé non plus de suspect ici. Mais j'y ai découvert que Monsieur Artipiac avait formé un stock de pastilles Vichy qui aurait pu le faire tenir pendant la dernière guerre Bobby. Je me suis permis de lui en emprunter une, c'est délicieux ! dit-il après s'être passé la langue sur les lèvres pour en décoller le sucre qui s'y était déposé.

— Art, nous ne sommes pas venus ici pour vider les provisions de Monsieur Artipiac... Venez donc plutôt m'aider dans le salon, je ne peux pas croire que nous ayons fait tout cela pour rien.

Art, dont les réserves de glucides étaient désormais pleines, me suivit dans le salon de Monsieur Artipiac. Il se dirigea directement vers son bureau. Après l'avoir observé pendant une longue minute, comme s'il lui faisait passer un examen médical, il s'en approcha et opta pour une méthode radicalement différente de la mienne.

— Si j'étais Monsieur Artipiac et que j'avais envie de cacher quelque chose, je ne le mettrais pas dans un tiroir, ce serait bien trop facile à trouver mon ami, lança-t-il.

Je le regardais, intrigué. Soudain, il commença par attraper le premier tiroir de droite et le retira complètement du bureau. Il se mit alors à l'examiner sous toutes ses coutures : sur le flanc droit, puis sur le gauche, sur la tranche arrière, puis enfin sous la tranche inférieure. Une fois ce contrôle technique passé, il vint poser ce tiroir sur le tapis en face du bureau. Puis, il se mit à faire passer le même examen à chacun des huit autres tiroirs qu'il posait un à un sur le tapis. Le bureau était maintenant dépouillé de ses organes et Art le fixait, absorbé dans ses pensées.

— Quelle est votre idée maintenant que nous n'avons toujours rien trouvé, Art ?

— À vrai dire, j'avais bon espoir de trouver un indice en procédant de la sorte, répondit-il, vexé.

Je me tenais là debout en train de regarder ce tableau digne d'un cambriolage rocambolesque : Art se tenait droit comme un piquet devant le bureau vidé de ses tiroirs. Derrière lui, les neuf tiroirs reposaient par terre, alignés en trois colonnes tels des suspects attendant de passer leur interrogatoire. Soudain, un élément attrapa mon regard alors que je regardais les tiroirs posés au sol.

— C'est étrange, on dirait que le grand tiroir du milieu est moins profond que les huit petits tiroirs des côtés, fis-je remarquer à Art.

En entendant cela, Art se retourna brusquement pour fixer les suspects de bois et me dit :

— Effectivement Bobby, voilà qui est très curieux. En toute logique, chaque tiroir devrait avoir la même profondeur.

Comme s'il avait eu une illumination, Art se retourna vers le bureau, s'accroupit afin de se trouver à la même hauteur que celui du grand tiroir du milieu et plongea son bras dans les profondeurs de celui-ci.

— Bingo ! s'écria-t-il tout à coup.

— Qu'y a-t-il ?

— Je sens une petite encoche. C'est un tiroir à double fond ! s'exclama-t-il.

Art ouvrit cette porte secrète qui faisait office de double fond et après en avoir fouillé l'espace avec son bras, il en sortit un petit livre à la couverture bleu marine. Mon sang se glaça quand je vis se dessiner à la lumière de lampe d'Art d'abord le symbole des Éditions Pegasus, puis le titre du livre, *Les trois cheminées*. Art me regarda incrédule et je sus qu'il fallait que nous rentrions au plus vite. Cela faisait plus d'une heure que nous étions chez Monsieur Artipiac, nous ne devions prendre aucun risque. Je pris le livre dans mes mains et de ce pas, Art remit précautionneusement chacun des tiroirs dans leurs emplacements respectifs. Nous réussîmes à bloquer la porte d'entrée de sorte que le trou provoqué par notre passage ne reste pas béant, puis nous regagnâmes la voiture d'Art qui n'avait pas bougé d'un centimètre. La route du retour me parut bien plus rapide et Art me déposa directement devant chez moi. À cette heure avancée de la nuit, seules les chouettes hululant risquaient de nous démasquer. Je montai dans ma chambre et m'endormis aussitôt, harassé par le périple et cette découverte.

Chapitre 9

Le lendemain, je n'arrivai qu'à dix heures à l'entrepôt. Ce matin-là, Art n'était pas affairé derrière l'une de ses toiles mais m'attendait directement dans la verrière. Je vins le rejoindre et vis qu'il avait préparé du thé à la menthe qui m'attendait dans une petite théière en porcelaine. Il me servit une tasse et quand je m'assis sur le canapé, Kelly vint me saluer chaleureusement de son ronronnement affectif.

— Ah je vous attendais mon ami ! me lança-t-il impatient. Je n'ai presque pas fermé l'œil de la nuit tant j'ai retourné cette affaire dans ma caboche. Je crois que nous sommes devant un mystère qui nous dépasse. Mais nous allons le percer ! me dit-il d'un ton conquérant.

— J'ai bien peur que nous nous soyons effectivement embarqués dans une sacrée aventure... admis-je.

Je sortis le livre de ma sacoche et l'ouvris. Il était identique à celui de la Grande Bibliothèque des Lumières. Il dénombrait le même nombre de contes. Il différait d'une seule manière : Monsieur Artipiac y avait visiblement fait deux annotations. La première annotation était au sein même du conte des *Trois Cheminées*. Monsieur Artipiac y avait souligné tout le passage mentionnant la sœur cadette. La seconde annotation, qui m'avait d'abord échappé, était située sur la toute première page de l'ouvrage. Sous la mention des Éditions Pegasus, Monsieur Artipiac y avait fait une inscription : "Hermann Froschauer".

— Avez-vous une idée de ce que cela peut signifier ? demandai-je à Art.

— Hum... je n'ai aucune certitude pour le moment. La bonne nouvelle tout de même, c'est que nous avons une nouvelle piste qui s'appelle Hermann Froschauer. Trouvons qui est cette personne et allons lui rendre visite.

— Si cette personne existe et si elle est vivante, répliquai-je à Art. Je me lance de suite à sa recherche !

Je passai plusieurs heures à rechercher des informations sur Hermann Froschauer. Mais je ne mis pas la main sur le moindre indice qui aurait pu nous relier à cette personne, à se demander si elle existait réellement. Parfois j'en venais à me demander si je n'avais pas été transporté dans un double irréel de notre monde réel. Je revins voir Art pour le prévenir de l'infructuosité de mes recherches et que cette stratégie ne semblait pas nous emmener dans la bonne direction. Il me regarda songeur puis s'adressa à moi :

— Pourquoi n'iriez-vous pas parler de cet Hermann Froschauer à Victoria ? Elle qui vit dans les livres, peut-être en a-t-elle déjà entendu parler ? La probabilité est faible j'en conviens mais qui ne tente rien n'a rien, n'est-ce pas ?

Art avait raison. À ce stade, aucune piste ne pouvait être écartée. Je décidai de faire un petit somme car j'étais encore fatigué de notre épopée nocturne puis, je me rendrais à la bibliothèque où travaillait Victoria.

J'arrivai à la bibliothèque en fin d'après-midi. Quand je rentrai, j'aperçus Victoria en train de ranger plusieurs livres sur une étagère. Lorsqu'elle me vit, elle arrêta son entreprise pour venir à ma rencontre. Je remarquai un sourire se dessiner sur son visage quand elle me salua.

— Bonjour Victoria, je suis content de te voir. Comment vas-tu ?

— Merveilleusement bien, me répondit-elle. Que me vaut l'honneur de ta visite cet après-midi ? As-tu du nouveau concernant le conte d'Albertus Fudge ?

— Oui et non... C'est justement pour cela que je viens te voir.

Je lui racontai alors notre intrusion de la nuit dernière à bord de la péniche de Monsieur Artipiac. Elle m'écoutait, les yeux grands écarquillés, comme si je lui contais moi-même un récit fantastique. Elle n'en revint pas que nous ayons trouvé un second exemplaire original des contes d'Albertus Fudge. Malheureusement, le nom de Hermann Froschauer ne lui disait rien. Elle n'avait jamais entendu personne prononcer ce nom, ni ne l'avait déjà lu quelque part.

— Hum... fit-elle. Nous pourrions peut-être retourner voir Madame Newton la semaine prochaine si tu le souhaites ? me proposa-t-elle. Si cet Hermann Froschauer est bien réel, c'est la seule personne que je connaisse qui pourrait en avoir déjà entendu parler. Je ne travaille pas lundi matin. Nous pourrions y retourner à ce moment-là.

— C'est une très bonne idée, allons lui rendre visite à nouveau, lui répondis-je en la remerciant. En attendant, que dirais-tu de nous retrouver samedi dans l'après-midi ? Nous pourrions aller au Jardin des Plantes ?

— Avec grand plaisir, c'est un endroit enchanteur ! Quand on y est, on se croirait plongé au cœur d'un roman d'aventures, répondit-elle rêveuse.

Nous nous donnâmes donc rendez-vous samedi dans l'après-midi et je rentrai chez moi un peu plus léger.

Quand je me réveillai ce samedi matin, le ciel d'automne s'était paré de son manteau azur. Aucun nuage ne flottait à l'horizon. C'était une journée idéale pour se rendre au Jardin des Plantes et je me réjouissais de retrouver Victoria plus tard dans la journée. Mon stock de provisions alimentaires était presque vide et si je ne voulais pas mourir de faim, je devais procéder à un ravitaillement. Je me cuisinai une omelette matinale avec les deux œufs qu'il me restait puis m'habillai avant de descendre à grandes enjambées les escaliers de l'immeuble. Lorsque j'atteignis le hall de l'immeuble, je vis Madame Sylvia qui me salua jovialement.

— Bonjour mon petit, belle journée n'est-ce pas ?

— Magnifique journée Madame Sylvia ! m'empressai-je de lui répondre. Je compte aller faire un tour au Jardin des Plantes cet après-midi pour profiter de cette belle journée d'automne. Cela fait longtemps que je veux voir les grandes serres, depuis le temps que vous m'en parlez.

— En voilà une idée fleurie ! De nombreux jeunes tourtereaux s'y promènent le week-end, dit-elle, l'air de rien. Passez dire bonjour aux singes de ma part et surtout, ne manquez pas la grande serre tropicale, à n'en choisir qu'une, ne faites que celle-là !

— Je n'y manquerai pas. Bonne journée Madame Sylvia !

— Bonne journée mon petit et surtout, bon après-midi, lança-t-elle de son air enjoué.

J'aimais profondément Madame Sylvia. Grâce à elle, notre petit immeuble vivait dans un cocon joyeux et paisible. Madame Sylvia y semait son pollen de sympathie, que nous butinions avec ferveur. Le petit jardin tropical qu'elle avait aménagé en bas de la cage d'escalier s'embellissait mois après mois, paré de ses orchidées qui resplendissaient de mille feux. Je m'élançai alors dans la rue, le cœur rempli d'énergie. Je me rendis au marché des Carpettes situé à quelques rues de chez moi pour y faire mes provisions. Je m'arrêtai chez le maraîcher et y achetai quelques poireaux, carottes et pommes de terre. Je me rendis ensuite chez monsieur Jean, le charcutier, chez qui je pris quatre belles tranches de jambon à l'os. Enfin, je fis une halte chez la crémière, que tout le monde appelait Martine, pour y acheter un gros pot de crème fraîche provenant directement de Normandie et des œufs.

— Ah v'là le p'tit, combien c'est d'œufs que j'lui mets t'y aujourd'hui ? Au moins cinquante j'suis sûre ! lança Martine de sa voix accrocheuse et de son ton rieur.

— Mettez-en moi une quinzaine Martine s'il vous plaît, lui répondis-je avec un grand sourire.

Comme je mangeais au moins deux œufs par jour, j'étais devenu l'un de ses fidèles clients hebdomadaires et dès qu'elle me voyait arriver dans les allées du marché, elle m'hameçonnait avec son regard rempli de bonhomie. Les allées du marché grouillaient de monde et les senteurs des différents étals s'entrechoquaient pour former un feu d'artifice olfactif. J'aimais finir mon tour de marché en passant chez monsieur Pascal, le poissonnier. Il venait directement de Trouville et son poisson était le plus frais de tous. Monsieur Pascal avait deux produits phares : les carrelets et les petites crevettes grises que l'on voyait encore sautiller dans leur panier d'osier sur leur coussin de glace pilée. Ce matin-là, je pris un petit bouquet de crevettes grises.

Je retrouvai Victoria dans l'après-midi dans le square en face de chez moi. Elle m'attendait assise sur l'un des bancs. Elle sourit lorsqu'elle me vit arriver. Le soleil était à son zénith mais la chaleur de ses rayons avait du mal à atteindre la peau de nos visages. Nous nous mîmes en chemin à pied vers le Jardin des Plantes. Nous descendîmes les grands boulevards vers le sud en direction de la Seine, puis nous empruntâmes le pont de Sully. Il faisait si beau que nous décidâmes de faire le tour de l'île Saint-Louis, ce qui rallongea seulement notre promenade d'une vingtaine de minutes. Nous arrivâmes un peu plus tard au Jardin des Plantes. Les arbres avaient déjà perdu une bonne partie de leurs feuilles, qui désormais se baladaient, elles aussi, au gré du vent. Nous entrâmes dans le Jardin des Plantes par la grande grille de la place Valhubert. En franchissant son pas, je repensai alors aux consignes laissées par Madame Sylvia. Je n'oublierais pas d'aller faire quelques grimaces aux singes pour elle, me dis-je. Nous décidâmes de nous diriger rapidement vers la ménagerie des animaux du jardin, celle qui avait tant inspiré Antoine-Louis Barye pour la réalisation de ses nombreux bronzes animaliers. Notre voyage au pays des animaux avait commencé. Nous débutâmes notre safari par la grande volière hermétiquement ceinte de son dôme de verre et d'acier. S'ensuivirent la grande rotonde, la singerie où je ne manquai pas de passer l'amical bonjour de Madame Sylvia aux familles primates qui logeaient ici, puis l'impressionnante fauverie. Nous finîmes enfin notre tour par l'édifice dédié aux reptiles et aux amphibiens. Nous étions comme des aventuriers au milieu de cette jungle citadine. Je proposai alors à Victoria de nous rendre maintenant dans la grande serre des forêts tropicales humides. Alors que nous rentrions dans la grande serre majestueuse et imposante, Victoria, silencieuse, avait attrapé ma main. C'était la première fois. Je sentis mon cœur battre à mille à l'heure. L'humidité et la chaleur qui nous enveloppaient cachèrent certainement mes joues rougies par cet afflux sanguin soudain. Le spectacle qui s'offrait à nous dans cette cathédrale de la nature était grandiose. Ce sanctuaire de biodiversité peuplé de plusieurs centaines d'espèces d'arbres provenant d'Afrique, d'Amérique du Sud et d'Asie du Sud-est formait une jungle rêvée. Bananiers, lianes, fougères et orchidées défilaient devant nos yeux d'enfants et nous crûmes un instant que le temps s'était arrêté. Alors que nous marchions dans cette forêt épaisse, tentant de nous frayer un chemin au travers des lianes qui régnaient ici en maîtres des lieux, je sentis soudain la pulsation du cœur de Victoria au creux de sa main, toujours dans la mienne. Protégés de tous regards, comme perdus en plein cœur de la forêt amazonienne, je m'approchai d'elle. Juste derrière sa tête se tenait une orchidée aux fleurs jaunes et violettes resplendissantes. C'est alors que sous le regard bienveillant et protecteur de cette dernière mes lèvres vinrent embrasser celles de Victoria. Nous restâmes là un long moment, sans prononcer un seul mot, à profiter de cette scène hors du temps au cœur de cette forêt vierge. À ce moment-là, je ne pensai plus à rien. Après quelques instants, Victoria me glissa dans le creux de l'oreille de son souffle chaud quelques mots si doux et précieux. Je ne répondis rien et me contentai de lui offrir mon sourire le plus sincère, un sourire d'âme. Je ne voulais pas écorcher ce moment si pur et si fragile. Nous restâmes là encore un moment, main dans la main, lovés au creux de cette jungle de nos cœurs.

Lorsque nous sortîmes de la grande serre des forêts tropicales humides, Victoria voulut m'emmener dans un dernier endroit avant de rentrer. Nous pénétrâmes ainsi dans une toute petite serre à l'écart des visiteurs, comme si cet espace était réservé aux initiés. Lorsque je franchis la première porte, je vis qu'un épais rideau faisait office de second portail. C'est en franchissant ce second obstacle que je compris que nous étions dans une serre remplie de papillons. Nous pouvions en voir voler des centaines, peut-être même des milliers. Certains étaient gros, d'autres petits. Il y en avait de toutes les couleurs. Un tourbillon de couleurs. Trois petits bancs étaient disposés à divers endroits de la serre. Sur l'un d'eux, nous pouvions remarquer une femme assise très concentrée qui dessinait au crayon à papier sur un carnet les papillons qu'elle observait dans la serre. Les deux autres bancs étaient vides, comme s'ils nous attendaient. Victoria nous dirigea vers celui qui se trouvait le plus au fond de la verrière.

— Savais-tu que certains papillons ne vivent qu'un seul jour ? me demanda Victoria.

— J'en ai entendu parler, je crois qu'on les appelle des éphémères.

— La nature est si injuste. Penses-tu qu'ils ont conscience de vivre si peu de temps ? Quel peut être le sens de leur vie ?

— Je n'en ai aucune idée, c'est une bonne question... dis-je songeur.

— Si nous étions à leur place et que nous n'avions qu'un seul jour à vivre, que choisirais-tu de faire ? me demanda-t-elle avec candeur.

— Je ne ferais pas grand-chose je pense, je profiterais simplement de chaque moment, de chaque minute de cette journée, lui répondis-je après avoir réfléchi à sa question. Et toi que ferais-tu ?

— Je ne sais pas. Si cette journée était aujourd'hui, je la passerais avec toi.

Je fus touché par sa réponse et j'attrapai sa main que je blottis au creux de la mienne. Elle était toute chaude.

Nous empruntâmes au retour le même chemin qu'à l'aller, sans cette fois faire de détour par l'île Saint-Louis. Le soleil s'était abaissé dans le ciel comme fatigué par sa journée et il commençait à faire plus froid. Nous arrivâmes au square en fin d'après-midi. Il était encore rempli de plusieurs familles qui venaient s'y promener avec leurs enfants. Certains couraient après leurs chiens, d'autres après des pigeons qui s'envolaient aussitôt. Les enfants sont toujours heureux. Je quittai Victoria après l'avoir délicatement embrassée une dernière fois.

Lorsque je pénétrai dans l'entrée de mon immeuble, je vis Madame Sylvia tout sourire.

— Je crois que vous avez passé un bon après-midi mon petit, dit-elle joyeusement.

— Je cultive mon jardin comme vous me l'avez recommandé Madame Sylvia. Et les singes vous transmettent leurs plus aimables salutations, lui lançai-je.

— M’en voilà ravie !

Je regagnai ma chambre, heureux de cette journée.

Je passai le dimanche à l’entrepôt car j’avais pris un retard certain dans l’encaissement des derniers clients de Monsieur Artipiac et je ne pouvais abandonner l’affaire même si elle tournait inexorablement au ralenti. Je profitai de ce moment de calme absolu pour ressortir l’ouvrage d’Albertus Fudge trouvé sur la péniche de Monsieur Artipiac. Que pouvait bien signifier tout cela ? Dans quoi avais-je embarqué Art et Victoria ? Pourquoi tant de mystère ? Je relus à maintes reprises le conte, essayant de trouver un sens caché entre ces lignes. Qui était Hermann Froschauer ? Je me languissais de retrouver Victoria demain matin et de rendre visite une nouvelle fois à Madame Newton. La Grande Bibliothèque des Lumières était un lieu fascinant, hors du temps. D’autres secrets y étaient peut-être encore cachés. Je devais, en attendant, prendre mon mal en patience et me replonger inlassablement dans l'œuvre laissée en plan par ce cher monsieur Artipiac. Je rentrai chez moi tardivement dans la soirée. Je me cuisinai une omelette que j’agrémentai de quelques aromates. Je finis les quelques crevettes flambées au calvados, que je m’étais préparées la veille, puis me couchai sans tarder davantage, sachant que la journée du lendemain serait elle aussi trépidante.

Chapitre 10

J'arrivai à la bibliothèque de Victoria vers neuf heures trente. Elle m'y attendait déjà et, dès qu'elle m'aperçut, elle vint me déposer un baiser matinal sur la joue. Nous partîmes rapidement pour retrouver Madame Newton à la Grande Bibliothèque des Lumières. L'édifice me parut toujours aussi imposant. Nous empruntâmes le même dédale de couloirs et d'escaliers jusqu'au bureau de cette dernière. Victoria frappa à la porte. Nous attendîmes quelques instants, sûrement le temps que Madame Newton traverse son très long bureau, puis elle vint nous ouvrir la porte.

— Bonjour, Madame Newton, lança Victoria avant que Madame Newton n'eût le temps d'ouvrir la bouche.

— Bonjour, Victoria, répondit-elle, probablement surprise de nous voir revenir si tôt.

— Nous avons d'autres questions, et je suis certaine que vous êtes la seule à disposer d'une connaissance assez importante du monde de la littérature pour pouvoir y répondre, ajouta Victoria pour flatter Madame Newton.

Piquée de curiosité, Madame Newton nous fit entrer. Comme la première fois, nous traversâmes son immense bureau sous le regard tantôt sévère tantôt songeur des portraits des conservateurs de la Grande Bibliothèque des Lumières. Lorsque nous arrivâmes enfin à son bureau, nous prîmes place dans les mêmes fauteuils, face à la conservatrice.

— Dites-moi tout, en quoi puis-je vous apporter mon aide cette fois ? lança-t-elle, curieuse et intriguée.

— En poursuivant nos recherches, nous sommes tombés sur un personnage dont nous n'avons trouvé aucune information. Il s'agit de Hermann Froschauer. Connaissez-vous cette personne ?

— Hermann Froschauer est une légende vivante. Très peu de personnes l'ont rencontré, ni même aperçu. Avez-vous un peu de temps ? demanda Madame Newton.

— Tout le temps nécessaire, répondit Victoria.

— La famille Froschauer fut l'une des plus riches familles des Alpes. D'abord établis dans le nord de l'Italie jusqu'au seizième siècle, ils migrèrent ensuite plus au nord, au bord du lac de Zurich dès le début du dix-septième siècle. À partir de cette période, les Froschauer commencèrent à faire du commerce dans le textile, notamment en se spécialisant dans la soie et les broderies. Très vite, la réputation de leur commerce se répandit à toute la Suisse, puis à l'ensemble des Alpes, pour enfin gagner toute l'Europe. Ils devinrent alors l'une des familles les plus fortunées du continent. Hans Froschauer, qui était à la tête de cet empire commercial, eut huit enfants. Tout au long de sa vie, il développa et diversifia son affaire. À sa mort, chacun de ses enfants reprit une branche de l'activité commerciale familiale qui s'étendait désormais bien au-delà du textile. Hermann Froschauer, né à Zurich en 1940, descend de la branche qui contrôlait le commerce du papier et des divers supports d'écriture. Il passa toute sa jeunesse et sa scolarité à Zurich. Son père mourut alors qu'il n'avait que quatorze ans, et sa mère tenait l'un des salons littéraires les plus courtisés de la ville. Elle y accueillit les plus grands écrivains de cette époque. Après l'obtention de sa Maturité, il s'inscrivit à l'université pour suivre un cursus littéraire. Il commença alors à se passionner pour un grand nombre d'écrivains de toutes les époques : Goethe, Homère, Shakespeare, Andersen, La Fontaine, Victor Hugo et les textes religieux comme la Bible. À vingt-trois ans, il imagina un projet pharaonique, qui deviendra l'œuvre de sa vie : réunir une bibliothèque des plus grands monuments littéraires mondiaux. Dès lors, Hermann Froschauer consacra sa vie à ce projet qu'il nomma La Bibliothèque Universelle Froschauer, secrètement connue sous le nom de la BUF. Cette grande bibliothèque, composée exclusivement de manuscrits originaux, devint la plus grande bibliothèque privée au monde. En tant que grand bibliophile éclairé, Hermann Froschauer passa sa vie à rechercher des manuscrits toujours plus anciens les uns que les autres. Personne dans le monde n'a réussi à constituer une collection aussi monumentale que la sienne.

Madame Newton fit une pause pour reprendre sa respiration. Victoria et moi étions complètement absorbés par ce récit fascinant qui nous faisait voyager dans le temps. Madame Newton reprit alors son histoire.

— Hermann Froschauer fit notamment deux acquisitions d'une importance capitale dans l'histoire de la littérature. La première fut celle de la Bible de Gutenberg en 1968. Il avait entendu parler de cette vente provenant du trésor des tsars spoliés par les Soviétiques. Il en fit l'acquisition, et depuis ce jour, cet ouvrage d'une rareté historique inouïe reste exposé dans sa collection privée. La seconde acquisition majeure de Froschauer fut celle du Codex Sinaiticus, provenant elle aussi de cette même vente du trésor des tsars. Le Codex Sinaiticus est l'un des manuscrits les plus anciens et les plus complets du Nouveau Testament. Il date du quatrième siècle. Froschauer dépensa une fortune pour pouvoir en devenir le propriétaire. Cette œuvre demeure également dans sa collection privée. Hermann Froschauer déclara quelques années plus tard que ces deux acquisitions furent les plus importantes de sa vie en tant que collectionneur et qu'elles représentaient un trésor pour l'humanité. Froschauer ne cessa d'acquérir des manuscrits anciens jusqu'à ce jour.

Nos yeux étaient suspendus aux mouvements des lèvres de Madame Newton qui contait ce récit tout droit sorti d'un conte d'Andersen.

— Voilà tout ce qu'il y a à savoir sur la vie de Hermann Froschauer, dit-elle enfin. Du moins, c'est tout ce que je sais.

— Merci beaucoup pour cette histoire passionnante, Madame Newton, lui répondis-je. Puisque Monsieur Froschauer semble toujours vivant, savez-vous où il vit ?

— Hermann Froschauer est une personne extrêmement discrète, qui reste volontairement à l'écart de toutes représentations publiques. C'est pour cette raison qu'il est très difficile de trouver des informations le concernant. En tant que conservatrice de la Grande Bibliothèque des Lumières, cela serait un sacrilège de ne pas avoir connaissance de cet illustre personnage. À ma connaissance, il réside toujours en Suisse aujourd'hui, sur les berges du lac Léman non loin de Genève, où il conserve directement chez lui sa collection de manuscrits anciens.

J'inscrivis dans ma tête ces informations données par Madame Newton.

— Pensez-vous qu'il est possible de lui rendre visite ? demandai-je à Madame Newton.

— Hermann Froschauer, continuant de consacrer sa vie à sa collection de manuscrits, je crains hélas qu'il ne reçoive personne chez lui hormis les rares personnes disposées à lui vendre un ouvrage qu'il n'aurait pas et qui pourrait compléter sa collection, répondit-elle désolée.

Nous remerciâmes Madame Newton pour le temps qu'elle nous avait accordé une nouvelle fois et la prévînmes que nous ne comptions pas la déranger davantage. Ravie d'avoir pu nous éclairer sur nos recherches historiques, elle nous raccompagna jusqu'à la porte de son bureau et quelques minutes plus tard, nous quittâmes la Grande Bibliothèque des Lumières.

Sur le chemin du retour, Victoria et moi discutâmes de toutes ces nouvelles informations fraîchement données par Madame Newton.

— Nous savons désormais qui est Hermann Froschauer. Madame Newton est un vrai puits de savoir ! lança Victoria.

— Oui, c'est une excellente nouvelle. De nombreuses questions restent toutefois en suspens, mais cela nous permet de faire avancer nos recherches.

— Penses-tu que Monsieur Artipiac avait découvert quelque chose au sujet de Monsieur Froschauer ? Ou qu'il y a un lien entre Albertus Fudge et lui ?

— Je pense que oui. Mais il est encore trop tôt pour savoir de quoi il peut s'agir. Il faut que je lui rende visite, dis-je à Victoria en esquissant un sourire.

— Tu as entendu Madame Newton, il ne reçoit personne ou presque... dit Victoria en faisant une moue.

— Il ne reçoit personne qui ne lui permette pas d'enrichir sa collection de manuscrits ! répondis-je aussitôt.

— Hum, je ne savais pas que tu étais un marchand de livres anciens, lança-t-elle d'un ton moqueur.

— Victoria, nous détenons le livre d'Albertus Fudge trouvé chez Monsieur Artipiac ! Cela pourrait constituer un bon appât, répondis-je excité.

Les yeux de Victoria s'écarquillèrent comme si une pépite d'or venait d'apparaître en face d'elle.

— Tu es un génie ! s'exclama-t-elle.

— Un génie, non, un marchand de manuscrits anciens, oui ! répondis-je en riant.

Nous arrivâmes à la bibliothèque. Victoria y travaillait l'après-midi. Je devais donc la laisser ici.

— Je vais rendre visite à Art cet après-midi pour lui faire part de nos nouvelles découvertes, dis-je à Victoria avant de nous séparer.

— C'est une excellente idée.

Je l'embrassai discrètement puis la laissai repartir à ses occupations de libraire.

— Je t'aime, laissa-t-elle échapper dans un murmure de sa voix.

En entendant cette ultime parole, une chaleur douce et réconfortante emplit mon corps.

Je rendis visite à Art dans l'après-midi. Quand j'arrivai à l'entrepôt, je le vis très concentré dans son atelier derrière une toile de taille intermédiaire. Quelle ne fut pas ma surprise en m'apercevant que le sujet qu'il peignait n'était autre que Kelly. Elle était assise au centre d'un grand fauteuil qu'il avait disposé en face de sa toile. Kelly était un modèle d'une sagesse exemplaire. Elle ne bougeait pas d'un poil.

— Bonjour, Art, fis-je alors que je m'avançais dans sa direction.

— Hey, Bobby ! Je suis très concentré sur le portrait de Kelly. Ce sera le chef-d'œuvre d'une vie, le chef-d'œuvre de ma vie. Un peu comme Guernica pour Picasso, s'exclama-t-il avec lyrisme.

— Rien que ça ! répondis-je avec un grand sourire.

— Je suppose que vous avez du nouveau, mon ami. Allez, Kelly, c'est l'entracte, tu peux disposer, lança-t-il, convaincu qu'elle comprenait son langage humain.

Nous nous dirigeâmes alors vers la verrière, qui était devenue notre grand lieu de réflexion. Cette fois-ci, Art ne partit pas préparer le traditionnel thé à la menthe mais sortit une petite boîte métallique de sa poche.

— Ah, Bobby, depuis que j'ai goûté ces pastilles à la menthe l'autre soir chez ce cher Artipiac, je ne peux plus m'en passer. Elles vont finir par remplacer mon thé. En voulez-vous une ? me proposa-t-il en ouvrant la boîte.

— Merci, Art, répondis-je en attrapant une pastille Vichy dans la petite boîte qu'il me tendait. Nous sommes retournés à la Grande Bibliothèque des Lumières ce matin avec Victoria, et nous avons du nouveau, continuai-je.

— Je suis tout ouïe, lâcha Art en suçant sa pastille.

Je racontai alors à Art les nouvelles informations apprises par Madame Newton au sujet de Hermann Froschauer et de son extraordinaire collection de manuscrits anciens.

— C’est incroyable ! fit Art qui n’en revenait pas.

— Je compte me rendre chez Hermann Froschauer en Suisse en utilisant le manuscrit d’Albertus Fudge trouvé chez Monsieur Artipiac. Il fera office de leurre. Que pensez-vous de cette idée, Art ?

— Je pense qu’elle est excellente ! Je suis aussi convaincu que vous qu’il faut vous rendre chez ce collectionneur. Je mets ma main à couper qu’il connaît le manuscrit d’Albertus Fudge. Le mystère qui plane autour de cet écrivain doit l’avoir poussé à s’y intéresser. Et s’il y a bien une personne qui semble pouvoir nous mettre sur la piste de ce cher Artipiac, c’est lui. Foncez !

— Je suis de votre avis.

— Malheureusement, je ne pourrai pas vous accompagner dans ce voyage transalpin, lança-t-il d’un air triste. J’ai deux commandes à finir, en plus du chef-d'œuvre kellynesque auquel je me suis attaqué. Quand l’inspiration est là, il faut la saisir, avant qu’elle ne reparte !

— Ne vous en faites pas, Art, j’irai seul. Je partirai dès que possible.

Chapitre 11

J’arrivai à Genève en fin de matinée. La gare centrale était un édifice monumental en pierres de taille jaunies par le temps. D’imposantes sculptures en bas-relief étaient visibles sur le fronton du bâtiment, lui donnant un aspect antique malgré sa reconstruction des années 1930.

L'avant-veille, j'avais réussi à contacter le secrétaire de Monsieur Froschauer, chargé de l'administration de ses collections privées. Je m'étais fait passer pour le détenteur d'un manuscrit original d'Albertus Fudge, ce qui n'était ni totalement vrai ni totalement faux. Comme je l'avais pensé, on me répondit rapidement que Monsieur Hermann Froschauer souhaitait me rencontrer dès que possible.

À la gare de Genève, je pris un taxi pour me rendre à la propriété de Monsieur Froschauer. Nous traversâmes le centre-ville pour rapidement gagner la rive du lac Léman, passant devant l'impressionnant jet d'eau propulsant de toute sa vigueur un geyser sur plusieurs dizaines de mètres. Nous gagnâmes rapidement Cologny, longeant d'abord le lac puis gravissant une petite colline parsemée de propriétés toutes plus somptueuses les unes que les autres. Enfin, nous arrivâmes à Collonge-Bellerive, où demeurait Hermann Froschauer, une vingtaine de minutes après avoir quitté la gare. Je fus alors déposé devant un haut portail. Une haie épaisse et parfaitement taillée, de même hauteur que le portail, longeait la route pour délimiter la propriété. Je sonnai. Quelques instants plus tard, le grand portail commença à se mouvoir dans un bruit crissant d'engrenages mécaniques. Quand le portail fut complètement ouvert, j'avançai de quelques pas puis, le même spectacle mécanique se produisit à nouveau afin de m'enfermer dans la propriété.

Une longue allée de graviers d'un blanc immaculé menait jusqu'à la demeure qui, de loin, avait une allure de manoir, derrière laquelle on voyait s'étendre la mer bleue du lac Léman. De chaque côté, des pelouses taillées avec une précision millimétrée recouvraient les parterres, laissant surgir çà et là arbustes et grands arbres formant un harmonieux jardin paysager. J'avançai sur cette avenue d'un pas solennel et déterminé. Le calme était si intense que j'entendais le bruit de chacun de mes pas s'enfonçant dans ce coussin de graviers.

Lorsque j'arrivai devant la porte d'entrée, étonnamment simple en comparaison du faste de la propriété, j'appuyai sur le bouton noir de la sonnette dissimulé dans un habitacle de marbre. Un homme vêtu d'un costume en tweed m'ouvrit.

— Bonjour très cher Monsieur, je suis Bertrand, le majordome personnel de Monsieur Froschauer. Je vous souhaite la bienvenue. J'espère que votre séjour à la villa vous sera agréable. Veuillez me suivre, je vous prie.

Je le remerciai et le suivis à l'intérieur de la demeure. Je me trouvais alors dans une sorte de vestibule pavé de carreaux rouge brique polis par le passage des pas. Au milieu de cette pièce se trouvait une grande table en bois. La porte qui reliait cette pièce au reste de la maison se situait au fond à gauche. Sur la droite de cette porte se trouvait une cheminée dans laquelle un petit feu avait été allumé. Un imposant brochet empaillé, sans doute pêché dans le lac, avait été accroché au-dessus de cette dernière, veillant sur le lieu tel un gardien sévère. Bertrand me débarrassa de mes affaires qu'il accrocha avec soin sur l'un des nombreux portemanteaux disponibles. Je gardai précautionneusement avec moi ma sacoche qui contenait le peu d'effets personnels que j'avais emportés et le précieux ouvrage d'Albertus Fudge. Le vestibule débouchait sur une vaste pièce d'une belle hauteur sous plafond. Une cheminée colossale trônait en son centre. Sur sa gauche, une sculpture en bois à la proportion humaine et à l'allure moyenâgeuse représentait un ange combattant un serpent avec sa lance. À droite de la cheminée, un escalier qui descendait permettait d'accéder au reste de la propriété.

— Le terrain descend jusqu'au lac et la propriété a été construite en suivant cette disposition géologique. C'est pourquoi nous nous trouvons ici au point le plus haut de la demeure de Monsieur. À partir d'ici, tous les escaliers descendent vers des étages inférieurs, donc en direction du lac, m'expliqua-t-il très courtoisement.

Je le suivis alors dans l'escalier. Nous arrivâmes dans un premier salon, de taille moyenne en comparaison de la vaste demeure.

— Toutes les pièces situées à ce niveau sont les espaces dédiés à la vie en communauté : vous y trouverez les différents salons, la cuisine et la salle à manger. Nous allons maintenant nous rendre à l'étage inférieur, celui des chambres, dit-il toujours du même ton.

Je continuai de le suivre sans dire mot, me demandant bien la nécessité de visiter l'étage des chambres. L'escalier qui descendait à ce niveau de la maison desservait un grand couloir et de nombreuses portes. Une moquette impeccable recouvrait le sol. J'imaginai que chacune de ces portes devait desservir une chambre, information que Bertrand confirma rapidement. Il ouvrit l'une d'elles et m'y fit entrer.

— Voici la chambre que vous occuperez pendant votre séjour, dit-il soudainement. Elle dispose d'une terrasse privée avec vue sur le lac. Le déjeuner vous sera servi dans trente minutes. Vous pourrez ensuite vous reposer de votre voyage cet après-midi. Monsieur Froschauer soupera ce soir avec vous à dix-huit heures trente. Je viendrai vous chercher.

Puis, Bertrand se retira, comme s'il n'avait jamais existé et je restai là, dans ma chambre, désemparé, seul face au lac Léman. Je repris mes esprits quelques instants plus tard et me résignai à accepter cette situation que je n'avais absolument pas envisagée. Il fallait que je rencontre Hermann Froschauer, donc je l'attendrais.

À dix-huit heures trente précises, Bertrand toqua à ma porte. Je le suivis, remontant les escaliers, jusqu'à la salle à manger. Il fallait traverser une succession de trois salons pour y parvenir. La pièce était percée de larges fenêtres qui permettaient d'admirer la superbe vue sur le lac. La nuit était en train de tomber et bientôt la lune se refléterait sur le miroir d'eau. La table était dressée pour deux personnes. Une enfilade de trois assiettes en porcelaine fine, trois fourchettes, trois couteaux, autant de verres et de cuillères attendaient sagement d'être utilisés. Bertrand tira l'une des deux chaises et me fit m'y asseoir diligemment.

— Monsieur devrait arriver d'une minute à l'autre, il revient de voyage, me prévint Bertrand.

Je le remerciai et attendis patiemment Monsieur Froschauer qui arriva peu de temps après.

— Cher jeune homme, je suis ravi de vous rencontrer. J'espère que Bertrand vous a agréablement installé et que vous avez passé une journée plaisante, dit-il de son ton le plus accueillant.

— Bonsoir, Monsieur Froschauer, c'est un honneur pour moi de vous rencontrer. Je n'ai jamais connu d'hospitalité plus délicate et attentionnée que la vôtre, le flattai-je.

Hermann Froschauer s'assit à table en face de moi. C'était une personne d'un âge avancé mais qui semblait encore très alerte et dynamique. Il était de taille moyenne, sans embonpoint apparent. Sa chevelure était blanche comme neige, tout comme sa moustache finement taillée.

— Je reviens de Louxor en Égypte où je mène des fouilles archéologiques majeures, s'empressa-t-il de me dire. Nous sommes sur le point de découvrir le tombeau du pharaon Ramsès VIII dans la vallée des rois. Sa sépulture renfermerait une table d'écriture d'une importance historique et épistémologique plus importante que la pierre de Rosette, m'expliqua-t-il.

Monsieur Froschauer était un personnage singulier et sympathique. Il me conta ce grand projet qu'il menait en Égypte au gré des plats qui se succédaient dans un ballet minutieusement orchestré. Nous en vînmes enfin au sujet qui m'avait amené jusqu'à lui quand le fromage arriva.

— Vous êtes donc venu jusqu'à moi avec un ouvrage écrit par Albertus Fudge ? lança-t-il d'un ton beaucoup plus sérieux et intrigué.

— C'est bien cela, m'avançai-je.

— J’ai passé une partie de ma vie à traquer l'œuvre d’Albertus Fudge. On dit que Fudge est un écrivain maudit, dit-il sombrement. Le seul ouvrage connu et répertorié de l’écrivain est précieusement gardé à la Grande Bibliothèque des Lumières à Paris.

Je déglutis en pensant aux pages de l’ouvrage arrachées par Victoria.

— Toutes les personnes ayant connaissance de cet ouvrage pensent qu’il s’agit bien d’une version originale. Mais je sais que c’est faux. Le conte des trois cheminées a été réécrit et n'apparaît pas dans sa version originale. Je le sais car, après de nombreuses années de recherches, j’ai fini par mettre la main sur le testament manuscrit d’Horace Pégasus, l’éditeur d’Albertus Fudge. Avez-vous emporté votre exemplaire de l’ouvrage de Fudge ? demanda-t-il.

Absorbé par le discours de Monsieur Froschauer, je sortis de la petite sacoche prise avec moi l’ouvrage d’Albertus Fudge trouvé sur la péniche de Monsieur Artipiac. J’avais pris soin d’effacer les inscriptions faites au crayon à papier par ce dernier à l’intérieur de l’ouvrage. Hermann Froschauer feuilleta l’ouvrage et me le tendit.

— Cet ouvrage n’est qu’une copie, tout comme celui de la Grande Bibliothèque des Lumières. C’est curieux, poursuivit-il. Vous êtes la seconde personne en un mois à me rendre visite au sujet d’Albertus Fudge.

Monsieur Artipiac, pensai-je, alors que mon estomac se nouait.

— C’était un expert des cheminées, un ramoneur peut-être, si ma mémoire ne me fait pas défaut, reprit-il. Le conte des cheminées l’avait grandement intrigué et sa passion pour les mythes et pour l'histoire m'avait poussé à le recevoir, alors que je ne reçois habituellement personne chez moi. Je lui ai ainsi conté ce que je vous raconte ce soir. Il commence à se faire tard et le long voyage dont je reviens m'a fatigué. Nous poursuivrons notre conversation demain matin, si vous le voulez bien, et je vous ferai visiter ma collection privée de manuscrits anciens, dit Monsieur Froschauer en baillant. Bertrand a déposé dans votre chambre toutes les affaires nécessaires pour que votre séjour ici à la villa vous soit agréable. Si vous manquez de quoi que ce soit, Bertrand se fera un plaisir d'y remédier.

Sur ces paroles, Hermann Froschauer se leva de table et je le suivis jusqu'au niveau inférieur. Il me déposa devant ma chambre et continua de marcher jusqu'au bout du couloir où se trouvait sans doute la sienne. Avant de me coucher, je sortis sur la terrasse. Le lac et les montagnes s'étendaient devant moi dans la pénombre de la nuit, éclairés par le lampadaire de la lune. Une brise légère soufflait son air frais sur les arbres qui dansaient au gré de son rythme mélodieux. Je fermai les yeux un moment et pensai à Victoria qui était peut-être, ce soir encore, assise dans la lumière de sa fenêtre, perchée en haut de son immeuble parisien. Lorsque je rouvris les yeux, l'eau du lac scintillait comme des paillettes d'or sous mes yeux. Je rentrai dans ma chambre et me couchai.

Chapitre 12

On toqua à ma porte à huit heures du matin. J'allai ouvrir et Bertrand entra avec un grand plateau en argent, sur lequel était disposé un copieux petit-déjeuner. Il vint l'installer sur la petite table face à la terrasse avec vue sur le lac.

— Bonjour Monsieur, j'espère que vous avez passé une agréable nuit. Voici votre petit-déjeuner. Monsieur Froschauer viendra vous chercher dans quarante-cinq minutes, me dit-il avec une grande délicatesse avant de se retirer discrètement.

Je pris mon petit-déjeuner face au lac. Le temps était dégagé. Je ne connaissais pas encore la température extérieure puisque je n'y avais pas encore aventuré la pointe de mon nez, mais j'imaginais qu'il faisait frais. À huit heures quarante-cinq précises, Hermann Froschauer vint me chercher. Il me salua avec une grande sympathie et me demanda si je n'avais manqué de rien. Je n'avais évidemment manqué de rien, et même reçu bien plus que je n'aurais pu l'imaginer. Je suivis Monsieur Froschauer qui ne se dirigea pas vers les escaliers mais vers le fond du couloir, où je l'avais vu se rendre la veille au soir. Il ouvrit alors la même porte. Ma surprise fut grande quand je vis que derrière cette dernière se trouvait un nouvel escalier qui descendait et non sa chambre comme je l'avais pensé. Cet escalier était plus étroit que les précédents et il était en colimaçon. Chacune des marches était en pierre blanche finement taillée. Je fus subjugué par le spectacle qui s'offrait à moi lorsque j'arrivai au pied de l'escalier. Je comprenais alors que Monsieur Froschauer avait fait construire cette gigantesque bibliothèque sous l'ensemble de l'étage supérieur.

— L'œuvre de ma vie, me dit-il avec une passion que sa voix ne pouvait cacher.

Hermann Froschauer commença par me faire une petite visite de sa collection privée. Il me présenta les pièces maîtresses de sa collection dont nous avait parlé Madame Newton, à savoir la Bible de Gutenberg et le Codex Sinaiticus. Tous deux reposaient dans des habitacles en verre hermétiquement fermés. Les étagères et les murs de cette bibliothèque étaient couverts de livres. Les couvertures calligraphiées à la lettre d'or illuminaient les rangées comme autant de petites ampoules aux filaments scintillants. Je suivais toujours Monsieur Froschauer qui déambulait dans ce labyrinthe de livres comme un poisson dans son élément aquatique. Il s'arrêta enfin devant un meuble en bois composé de plusieurs rangées d'étagères qui rassemblait de nombreux ouvrages. Il glissa sa main sous l'une d'elles et je vis une partie du meuble basculer vers l'arrière, révélant devant nous une porte dissimulée qui s'ouvrait sur une pièce cachée. Ébahi par ce spectacle de mécanismes, je pénétrai avec Monsieur Froschauer à l'intérieur de cette nouvelle pièce. Contrairement à la monumentale bibliothèque que nous venions de quitter, cette pièce était de taille bien plus modeste. Un large bureau plat y était installé et de nombreux ouvrages, lettres et autres objets y reposaient.

— Cette pièce est le cerveau de mon œuvre, me lança-t-il. C'est depuis ce lieu à l'abri du monde que je poursuis les recherches des œuvres littéraires les plus rares pour compléter ma collection privée. Vous pouvez observer que mon bureau est actuellement recouvert de divers papyrus, amulettes et autres objets égyptiens nécessaires dans ma quête du tombeau de Ramsès VIII. Mais je ne vous ai pas emmené ici pour parler de tout cela.

Il se dirigea vers une armoire à l'allure classique. Il en ouvrit la porte. Une seconde porte se découvrit et je compris que c'était un important coffre-fort.

— Je garde précautionneusement ici tous les éléments me mettant sur la piste d'ouvrages que je n'ai pas encore pu retrouver.

Je compris alors où il voulait en venir et pourquoi il m'avait entraîné dans les entrailles de sa collection. Il continua.

— Voici le testament d'Horace Pegasus, dit-il presque religieusement en sortant les feuillets de parchemin de l'armoire de métal.

Monsieur Froschauer vint poser la relique sur son bureau. Puis il reprit :

— Je ne sais pas dans quelle aventure vous vous êtes embarqué mais depuis notre discussion d'hier soir, j'ai l'intime conviction que vous le faites dans un noble dessein, me dit-il avec un ton qui démontrait presque de l'affection ou de la compassion. Albertus Fudge est un écrivain maudit. La quête qui permettra de percer ses secrets est probablement beaucoup plus dangereuse que vous ne pouvez l'imaginer...

J'étais maintenant trop avancé dans cette aventure à la poursuite de Monsieur Artipiac. Suffisamment d'éléments indiquaient désormais que cette quête serait périlleuse, et Monsieur Froschauer avait fini de m'en convaincre. Je pensais à Art et Victoria que j'avais embarqués malgré moi dans cette affaire. Avant que Monsieur Froschauer ne poursuive, je décidai alors de lui révéler la mystérieuse disparition de Monsieur Artipiac, convaincu qu'il serait dorénavant de notre côté. Quand je finis de raconter à Monsieur Froschauer tout ce qui m'avait amené jusqu'à lui, ce dernier fit une mine plus grave que je ne l'aurais imaginé.

— Monsieur Artipiac a sûrement connaissance d'éléments que nous ignorons encore, releva Hermann Froschauer. J'ai bien peur que cette affaire dépasse les frontières du monde que nous connaissons...

Il marqua une courte pause avant de reprendre.

— Dès que je vous ai vu hier soir lors du dîner, j'ai rapidement compris que vous n'étiez pas un marchand de manuscrits. Mon antique sagesse n'est pas dupe de votre jeunesse, cher ami, m'avoua-t-il en affichant un sourire bienveillant.

Le regard d'Hermann Froschauer vint à nouveau se poser lourdement sur le testament d'Horace Pegasus.

— Je crois qu'il est temps pour vous de prendre connaissance des dernières volontés de Pegasus, me dit-il gravement.

Je me lançai alors dans la lecture du parchemin.

27 janvier 1895,

Moi, Horace Pegasus,

Avant de mourir, puisque je vais bientôt mourir, je dois transmettre la vérité. Pour le bien de l'humanité.

Je suis né le 3 mars 1865 à Troyes dans une famille de chaudronniers. Mon père avait repris cette affaire transmise de son père lui-même, et cette dernière assurait la prospérité économique de notre famille, sans faire de nous pour autant une famille fortunée. L'épidémie de variole qui sévit à Troyes en 1883 frappa mes parents qui moururent tous deux cette année-là, alors que je n'avais que dix-sept ans. Je décidai alors de quitter Troyes et de revendre l'affaire familiale, que je ne pouvais ni ne voulais reprendre, à des cousins du côté de ma mère. Avec cet argent, je montai à Paris. Le commerce de l'édition des livres était en plein essor, porté par les grands écrivains et courants littéraires de notre époque. C'est ainsi qu'en 1884, je fondai les éditions Horace Pegasus. En 1887, je rencontrai pour la première fois Albertus Fudge par l'intermédiaire du pensionnat religieux où il résidait et suivait un enseignement strict. Je me rappelle parfaitement de cette première rencontre avec Albertus Fudge. Je fus ébloui par son intelligence.

Quelques années plus tard, en 1890, alors qu'Albertus Fudge s'enfermait mois après mois dans une démence qui devenait effrayante, ce dernier me fit part du projet de rédaction qu'il était en train de mener. Il ne voulut rien me dévoiler de son projet d'écriture mais m'assura qu'il avait enfin réussi à y faire pénétrer son âme. Conscient de la démence qui le ravageait, je ne fis pas attention à ses dires. Ce jour-là, il me demanda une chose : publier son ouvrage quand il l'aurait terminé. Pris de pitié par l'état de santé mentale de Fudge et restant admiratif de l'intelligence qu'il démontrait, j'acceptai. Il me le fit promettre devant Dieu et devant lui. Ce que je fis. Quelques mois après cette rencontre, Albertus Fudge me fit savoir qu'il avait enfin terminé son ouvrage. Il m'en dévoila le titre, Les trois cheminées. Je vins alors chercher, un matin d'automne 1890, le manuscrit qu'il avait rédigé. Fudge était ravagé par sa maladie mentale, et quand je le vis ce matin-là, je crus voir le diable dans ses yeux. Une fois rentré chez moi, je lus le manuscrit. Je fus horrifié par ce que je venais de lire. Bien que je désirasse honorer ma promesse faite à Fudge en publiant son ouvrage, je ne pouvais me résoudre à le publier tel qu'il avait été écrit, et je dus me décider à modifier le conte des trois cheminées sans l'en avertir. Je publiai son ouvrage fin décembre 1890. Quand Fudge eut connaissance de cette version modifiée, il rentra dans une rage folle et sa démence devint incontrôlable.

Le soir du 27 décembre 1890, alors que j'étais auprès de ma cheminée et que l'hiver glaçait les âmes, un individu frappa à ma porte. J'allai ouvrir et fus terrifié quand je vis la tête démoniaque d'Albertus Fudge. Il entra chez moi sans m'en laisser le choix. Il saisit son manuscrit que j'avais publié et me lança "Tu n'as pas respecté ta parole, Pegasus. Tu seras maudit, toi aussi !" Sur ces paroles, Fudge jeta de toutes ses forces le manuscrit qu'il tenait dans ses mains dans la cheminée dont les flammes ravageaient l'âtre. Puis soudain, dans un élan de folie, il s'y jeta lui-même de tout son corps. Je l'entendis crier alors qu'il prenait feu. Tout son corps était en train de brûler. Brusquement, mû par une force irréelle, il se releva, en feu et se précipita à l'extérieur de chez moi dans le froid glacial de l'hiver. Je vis cette forme tout droit sortie de l'Enfer s'éloigner de chez moi. Il fut retrouvé quelques rues plus loin le lendemain matin, calciné par le feu qui l'avait dévoré.

Si j'écris cette lettre qui fait office de testament aujourd'hui, c'est parce que je sens bien que la malédiction de Fudge pénètre désormais mon âme et chaque jour je me vois devenir un peu plus étranger à moi-même. C'est pourquoi je l'écris, aujourd'hui, alors que je le peux encore. Vous devez connaître la vérité. Je ne peux cependant l'écrire ici complètement car elle me ravagerait encore davantage. Alors, j'ai ce jour, dans une enveloppe marquée d'un cachet de cire chiffré des initiales des Editions Pegasus, EP, enfermé le manuscrit original écrit de la main de Fudge. Il doit traverser les siècles pour que la vérité soit percée et rompre le maléfice. Je ne peux rompre ce maléfice moi-même. Ce manuscrit sera caché dans l'unique endroit qui lui permettra de traverser les siècles, caché du monde, hors du temps. Ce testament vous en atteste.

Le feu de Fudge me ravage déjà de l'intérieur, je ne serai bientôt plus de ce monde.

Adieu.

Je dus reprendre mon souffle après la lecture du testament d'Horace Pegasus. Monsieur Froschauer m'avait apporté un verre d'eau que je vidai d'une traite.

— Pensez-vous que Monsieur Artipiac s'est mis à la recherche du manuscrit original d'Albertus Fudge ? demandai-je à Hermann Froschauer, inquiet.

— J'en ai bien peur, répondit-il sombrement. J'ai moi-même passé une bonne partie de ma vie à chercher ce manuscrit en ayant connaissance du testament de Pegasus et n'y suis jamais parvenu. Je crains hélas que

Monsieur Artipiac se soit engagé dans une voie périlleuse et impossible.

— Nous devons retrouver Monsieur Artipiac et ce manuscrit ! dis-je, déterminé.

— Nos intérêts sont communs, allions nos forces, répondit Hermann Froschauer.

Monsieur Froschauer se leva alors pour me signifier que nous avions sûrement passé assez de temps dans les viscères de sa bibliothèque. J'acquiesçai et le suivis pour remonter à la surface du monde réel. Il était déjà tard dans la matinée.

— Je ne voudrais pas abuser de votre hospitalité qui a déjà été bien trop généreuse à mon égard, lui dis-je. Je vais retourner à Paris et vous préviendrai dès que j'aurai de nouveaux éléments permettant de faire avancer cette effrayante affaire.

— Vous êtes le bienvenu et serez dorénavant toujours le bienvenu chez moi, me répondit-il très aimablement. Bertrand va vous raccompagner jusqu'à la gare de Genève. Je vous laisse préparer vos affaires, vous savez où se trouve votre chambre maintenant. Et vous n'aurez qu'à vous signaler quand vous serez prêt.

Je remerciai Monsieur Froschauer et me rendis dans ma chambre pour ramasser le peu d'affaires que j'avais apportées. Quand je fus prêt, je me présentai dans le vestibule de l'entrée où Hermann Froschauer et Bertrand m'attendaient.

— Un immense merci pour votre accueil et je suis ravi d'avoir fait votre connaissance, Monsieur Froschauer, dis-je plein de gratitude envers mon hôte.

— Ce fut un réel plaisir, tenez-moi au courant surtout.

— Je n'y manquerai pas.

— Et appelez-moi Hermann ! lança-t-il en esquissant un dernier sourire.

Je ne manquai pas de remarquer qu'une majestueuse automobile noire à l'élégance raffinée attendait sur les gravillons blancs. Lorsque je m'approchai de cette dernière après que Bertrand m'en eut ouvert la portière arrière, je constatai le blason argenté représentant deux R entrelacés sur la carrosserie. Une Rolls-Royce, me dis-je, époustouflé. Bertrand me raccompagna jusqu'à Genève et nous empruntâmes la même route que le taxi à l'aller. J'admirai une dernière fois la beauté du paysage percé par le lac qui défilait le long de la route. Bertrand me laissa devant la gare après m'avoir salué avec sympathie.

— À bientôt, Monsieur, me dit-il.

Chapitre 13

Le lendemain, j'avais donné rendez-vous à Victoria pour le déjeuner dans un petit bistrot du quartier que j'affectionnais particulièrement, Chez Prudol. La semaine était passée à toute allure et le week-end m'avait rattrapé comme une bonne surprise. J'avais hâte de retrouver Victoria. Quand je pénétrai dans le restaurant, je la vis assise sur la banquette sous la grande glace du fond autour d'une petite table ronde pour deux personnes. En arrivant à la table, je l'embrassai délicatement et m'assis en face d'elle. Elle avait glissé un bandeau rouge dans ses cheveux blonds qui venaient caresser la peau de son visage. Après que nous eûmes fait notre choix et que le serveur fut parti les transmettre en cuisine, je commençai à lui raconter mon voyage en Suisse au bord du lac Léman dont j'étais revenu la veille.

— Je n'en reviens pas que tu aies réussi à rencontrer Monsieur Froschauer ! lança-t-elle admirative.

— C'est un personnage très discret et très gentil. Il m'a accueilli dans son palais comme si j'étais le Sultan de Bérénésie, répondis-je avec entrain.

Je poursuivis mon récit et lui racontai ce qu'Hermann Froschauer m'avait appris au sujet d'Albertus Fudge et de son éditeur Horace Pegasus. Je vis que les traits du visage de Victoria se crispèrent, laissant échapper une expression remplie de peur.

— J'ai bien peur que Monsieur Artipiac ne coure un grave danger… dis-je inquiet.

— Cela n'a rien de rassurant effectivement, dit-elle préoccupée.

— Je suis vraiment désolé de t'avoir embarquée dans une telle histoire, déclarai-je, n'osant la regarder dans les yeux.

Elle attrapa alors ma main gauche d'un geste délicat de sa main droite et vint apposer son autre main pardessus la mienne.

— Tu n'y es pour rien, sincèrement. Nous allons retrouver Monsieur Artipiac, et tu as besoin de l'aide d'Art ainsi que de la mienne. Nous ne te laisserons pas tomber, quoi qu'il arrive.

Elle serra ma main qu'elle emplit de sa chaleur, comme pour sceller un pacte indéfectible.

— Je ne comprends vraiment pas ce qui a poussé Monsieur Artipiac à se lancer dans une pareille expédition, dis-je démuni.

— Ce qui est sûr, c'est qu'il devait en avoir une raison importante, bonne ou mauvaise, déclara-t-elle avec une pointe d'anxiété.

Nous poursuivîmes notre déjeuner et je décidai d'orienter la discussion sur Monsieur Froschauer, son impeccable majordome Bertrand et sa villa grandiose. Victoria perdit peu à peu l'anxiété qui l'avait gagnée pour retrouver l'insouciance et la joie que je lui connaissais et qui me plaisaient tant. Quand nous eûmes fini notre repas, je lui proposai d'aller nous promener où la passion nous guiderait. Elle finit par nous conduire de son air frivole jusqu'à l'île Saint-Louis une nouvelle fois. Nous nous perdîmes allègrement dans les étroites ruelles de l'îlot, déambulant ici et là, comme de jeunes amoureux insouciants du futur qui les attendait au coin de la rue suivante. Nous nous assîmes sur un banc qui se trouvait sur la proue de l'île, face à Notre-Dame qui nous regardait de son air matriarcal.

— Ne trouves-tu pas étrange que vous ne sachiez toujours rien de Monsieur Artipiac ? reprit-elle. Avec Art, vous ne connaissez rien de sa vie, de sa famille, vous n'avez trouvé aucun autre indice que le livre d'Albertus Fudge sur sa péniche. Si je me mets à la place de Monsieur Artipiac, c'est que j'aurais sûrement quelque chose à cacher, lança-t-elle avec pragmatisme.

— Peut-être, admis-je. Mais comment en découvrir plus sur lui ? Nous avons fouillé toute sa péniche comme des voleurs avec Art et nous n'avons rien trouvé d'autre que le livre de Fudge... Et des pastilles Vichy qui plaisent beaucoup à Art, repris-je en riant.

— Je n'ai peut-être pas les pouvoirs de déduction d'Agatha Christie, mais je n'abandonnerai certainement pas cette affaire aussi facilement, lança-t-elle, conquérante et résignée à ne pas renoncer.

Nous nous étions longuement promenés dans la fraîcheur de l'hiver qui arrivait. Le macadam des trottoirs que nous foulions semblait durci par le froid qui le pénétrait et l'écho de nos pas résonnait dans les profondeurs de la terre. Il faisait presque nuit lorsque nous arrivâmes au niveau du square en face de chez moi. Les arbres étaient dépouillés de leurs habits estivaux depuis bien longtemps alors que nous nous étions parés d'épais manteaux. Quand l'arbre se déshabille, l'homme s'habille, pensai-je. Curieuse opposition. Je proposai à Victoria de nous mettre au chaud en pénétrant dans mon immeuble. L'absence de Madame Sylvia avait plongé le hall d'entrée dans une torpeur hors du temps. Comme si Madame Sylvia avait, avant de partir, jeté un sortilège arrêtant le temps qui ne reprendrait qu'à son retour. Victoria fut éblouie par la beauté du jardin tropical intérieur cultivé par cette dernière. Elle s'approcha des orchidées pour vérifier que tout ceci était bien réel et qu'elle n'était pas projetée dans un rêve. Soudain, le regard de Victoria fut pris dans le piège tendu par une liane grimpante. Victoria la suivit, gravissant sans s'en rendre compte les étages un à un pour arriver jusqu'au palier du sixième étage. J'ouvris la porte de ma chambre pour la faire entrer dans mon petit royaume perché au-dessus des toits de Paris. La nuit s'était abattue sur le ciel clair et étoilé, et la pénombre régnait sous les mansardes de l'immeuble. Victoria s'approcha de la fenêtre pour admirer le spectacle des astres dorés mêlés aux fumées des cheminées qui crachaient le souffle des âmes qu'elles abritaient. Je m'approchai de Victoria et plaçai ma tête sur son épaule gauche pour admirer cette scène avec elle. Mon souffle chaud venait lui caresser l'oreille. Délicatement elle se retourna et m'embrassa très doucement. Nos lèvres se parcoururent au rythme de nos souffles brûlants qui dansaient en symbiose. Je commençai alors à la déshabiller gracieusement. Dans un ballet exquis de mouvements, nos corps vinrent se blottir dans mes draps. Sa peau douce et voluptueuse venait se glisser auprès de la mienne. Ses doigts délicats m'effleuraient. J'embrassai ici et là les différentes parties de son corps qui me répondaient de tout leur allant. Puis enfin, la nuit vint nous cueillir.

Le lendemain matin, je me réveillai un peu avant Victoria. Son visage était paisible et portait l'innocence de la pureté. Victoria m'abandonna en fin de matinée en me glissant un dernier baiser sur la joue. L'après-midi venue, je décidai d'écrire une lettre que j'enverrais à Monsieur Froschauer afin de le remercier et le prévenir que j'étais bien rentré.

Cher Hermann,

Je tenais à vous remercier encore une fois pour votre hospitalité et toute la gentillesse que vous m'avez portée. En me raccompagnant à la gare de Genève, Bertrand avait eu la grande bienveillance de me glisser un petit encas pour mon voyage en train. Merci de bien vouloir grandement l'en remercier.

Je ne reviens toujours pas de toutes les découvertes mystérieuses et inquiétantes faites chez vous. Je m'inquiète beaucoup pour Monsieur Artipiac. J'espère qu'il ne court pas un grave danger. Demain, je rendrai visite à mon compagnon d'aventure, Arthur, qui s'est retrouvé mêlé à toute cette affaire bien malgré lui par ma faute, afin de le prévenir de ces nouvelles avancées. J'espère pouvoir vous tenir au courant bientôt de nouveaux progrès faits de notre côté. Prévenez-moi si vous faites de nouvelles découvertes, vous aussi.

Amicalement,

Votre jeune ami de Paris

Je glissai mon mot dans une enveloppe sur laquelle j'écrivis l'adresse de Monsieur Froschauer que j'irai porter à la Poste le lendemain matin, ne disposant pas de timbre pour l'étranger chez moi. Je pris soin de noter mon adresse sur le dos de l'enveloppe afin qu'il puisse me répondre si nécessaire. Je passai le reste de mon après-midi à noter dans un carnet l'ensemble des éléments que j'avais rassemblés jusqu'ici au sujet de la disparition de Monsieur Artipiac. Si le bon Dieu n'est pas dans les détails, peut-être que le diable s'y cache, me dis-je.

Chapitre 14

J'arrivai à l'entrepôt en début de matinée après être passé à la Poste afin d'y déposer la lettre que j'avais écrite pour Monsieur Froschauer. Ce matin-là, Art était en train de ranger son atelier en pagaille. Il triait les toiles vierges selon leur taille en les empilant minutieusement contre le mur. Il avait fait quatre piles différentes, de la plus petite taille de toiles à la plus grande. Le fauteuil qui avait accueilli Kelly la semaine dernière n'avait quant à lui pas bougé d'un centimètre, tout comme le chevalet qui contenait son chef-d'œuvre inachevé. Je saluai alors Art.

— Salut Bobby ! J'étais impatient de vous voir revenir de votre séjour en Helvétie. J'espère que vous y avez fait de fondantes découvertes, me lança Art sur un ton rieur. Préparez un peu de thé à la menthe et je vous retrouve sous la verrière dans un instant. Je finis de mettre en ordre mes dernières toiles.

Art me rejoignit quelques minutes plus tard dans la verrière où j'avais préparé un peu de thé.

— Kelly n'est pas là aujourd'hui ? demandai-je à Art.

— Elle a pris un jour de congé, elle était fatiguée de poser toute la journée, me dit-il sur le ton de la confidence. Et vous ne devinerez pas, mais j'ai reçu une commande de la duchesse de Goldbridge, une confidente de Sa Majesté la Reine elle-même, dit-il, honoré. Elle viendra à l'atelier avec son matou dans les prochaines semaines.

— Votre réputation vous précède, Art ! répondis-je pour le flatter.

— Et la Suisse alors, cher ami ? répliqua-t-il aussitôt.

— J'y ai fait de grandes découvertes, Art.

Je commençai à lui raconter l'ensemble de mon voyage helvétique, en débutant par le singulier et charmant personnage de Monsieur Froschauer.

— Cet illustre personnage semble aussi délicieux que le chocolat de son pays, lança Art. Je m'arrangerai pour avoir moins de besogne à terminer la prochaine fois afin de me glisser dans votre valise et profiter du voyage avec vous !

Je lui contai enfin les inquiétantes découvertes faites sur Albertus Fudge et Horace Pegasus. Je vis le visage d'Art se fermer quand j'arrivai au testament d'Horace Pegasus détenu par Hermann Froschauer. À mesure que je lui racontais ce que Pegasus y avait écrit, une expression d'épouvante se dessinait clairement sur la figure d'Art. Il était devenu tout pâle.

— Tout va bien, Art ? lui demandai-je.

— Cette histoire me glace le sang, je ne serais pas surpris que vous me parliez d'un vampire bientôt, répondit-il très sérieusement en attrapant sa tasse pour boire une gorgée de thé et réchauffer son âme gelée par mon récit.

Je repris mon récit et finis enfin par lui dire que j'avais envoyé ce matin même une lettre à Monsieur Froschauer et que nous avions conjointement décidé d'unir nos forces dans cette affaire mystérieuse et inquiétante.

— Vous avez très bien fait de sceller ce pacte avec ce monsieur Froschauer, Bobby, lança Art avec une voix qui avait repris un peu d'énergie et de couleurs. Il nous sera sûrement d'une grande aide grâce à ses connaissances nombreuses et à ses moyens conséquents.

— C'est ce que j'ai pensé aussi et c'est pourquoi je n'ai pas hésité une seconde quand il m'a proposé son aide. D'autant plus qu'il m'a semblé réellement sincère.

Art nous resservit un peu de thé, comme pour nous préparer à une longue discussion et redonner un peu de carburant à nos esprits.

— Cher ami, nous avions le pressentiment que ce cher Artipiac était en danger, eh bien, après ce que vous venez de me raconter ce n'en est plus un. C'est une réalité, fit-il très inquiet.

— Ce qui m'inquiète encore davantage, repris-je, c'est que Monsieur Artipiac avait rendu visite à Monsieur Froschauer trois semaines avant mon passage, juste avant que ce dernier ne parte pour son expédition en Égypte. Monsieur Artipiac dispose donc logiquement des informations que je viens de vous donner et plus nous en découvrons sur cette affaire, plus elle semble préoccupante. J'espère qu'il n'est pas déjà trop tard...

— Monsieur Artipiac s'est lancé à la recherche du conte original d'Albertus Fudge. Pourquoi ? Nous ne le savons pas encore. Mais ce qui est sûr, c'est que maintenant il sait qu'Horace Pegasus l'a caché quelque part avant de mourir emporté par sa malédiction, il s'est mis sur ses traces, dit Art.

— Le testament d'Horace Pegasus est aussi mystérieux que toute cette affaire, comment retrouver ce manuscrit ? Où l'aurait-il caché ? demandai-je, désemparé.

— Nous sommes trop avancés pour reculer, Bobby. Et si nous sommes arrivés jusqu'ici dans l'œil du cyclone de cette affaire, nous irons jusqu'au bout, quelle que soit la force des vents, répondit-il avec aplomb.

— Nous n'avons plus beaucoup le choix de toute façon, répondis-je avec fatalité.

— La clé qui ouvre la prochaine porte se trouve dans ce testament, lança Art, décidé à percer tous les mystères de cette affaire. Un testament est toujours rédigé dans le but de transmettre quelque chose à quelqu'un. En rédigeant le sien au seuil de sa mort, Horace Pegasus a voulu transmettre la clé qui permettrait de retrouver le manuscrit original d'Albertus Fudge. Avez-vous noté précisément ce qu'il contenait, cher ami ?

Je sortis le petit carnet sur lequel j'avais inscrit dans l'ordre chronologique tous les éléments de cette affaire afin de ne pas perdre le fil. Je me rendis à la section de mon voyage en Suisse chez Hermann Froschauer et m'arrêtai sur la page qui mentionnait le testament de Pegasus.

— Dans son testament, Horace Pegasus a écrit : "Il [le manuscrit original d'Albertus Fudge] doit traverser les siècles pour que la vérité soit percée et rompre le maléfice. Je ne peux rompre ce maléfice moi-même. Ce manuscrit sera caché dans l'unique endroit qui lui permettra de traverser les siècles, caché du monde, hors du temps." Mais de quel lieu parle-t-il ?

Art sortit de sa poche la petite boîte métallique que je lui connaissais désormais et en sortit une pastille Vichy qu'il plaça dans sa bouche avant de commencer à la sucer frénétiquement.

— Hum... fit Art. Tout ceci est très énigmatique. Il faut que je réoxygène mon cerveau. Nous avons déjà beaucoup parlé et réfléchi, Bobby. Je vais continuer un peu l'œuvre de Kelly, cela remettra sûrement mes idées au clair.

— Et moi, je vais continuer à régler les dernières affaires en suspens de Monsieur Artipiac. Tenons-nous au courant si une idée ingénieuse venait nous traverser l'esprit, lançai-je à Art.

— Marché conclu ! répondit-il avant de retourner dans son atelier.

Je passai l'après-midi à ranger et à réfléchir. Peut-être davantage à réfléchir qu'à ranger, si bien que les affaires de Monsieur Artipiac n'avancèrent guère vite. Ni Art, ni moi n'avions eu d'idée de génie cet après-midi-là. Le soleil qui avait décliné avait plongé peu à peu l'entrepôt et l'atelier d'Art dans la pénombre, nous chassant l'un après l'autre et nous pressant de rentrer. Ce que nous fîmes, avec diligence et docilité.

Le lendemain matin, j'arrivai à l'entrepôt peu avant neuf heures. J'espérai qu'Art aurait eu une fulgurance pendant la nuit concernant l'énigmatique testament d'Horace Pegasus. Mais ce matin-là je ne le vis pas à son atelier. Je l'aperçus, la mine ravagée, avachi dans le canapé de la verrière. Inquiet, je pressai mon pas pour venir à sa rencontre.

— Qu'y a-t-il Art ?

Se refusant de parler, l'air triste et dévasté, il tendit son doigt vers une lettre posée sur la table basse en face du canapé. Je l'attrapai et commençai à la lire à demi-voix.

Très cher Monsieur Arthur Kartman,

C'est avec une peine immense que nous vous faisons part du décès soudain de la Duchesse de Goldbridge. Ses funérailles auront lieu dans la chapelle de sa propriété de Chiddingstone le jeudi 6 novembre. Sa dépouille sera bénie par l'archevêque de Canterbury avant qu'elle ne soit placée dans le caveau familial afin de reposer pour l'éternité.

Son unique fille, la duchesse Erika Goldbridge, recevra famille et proches pour une cérémonie dans l'intimité.

Post-scriptum : la commande du portrait de son chat Michelangelo est malheureusement annulée. Nous savons toute la sympathie et l'admiration que la duchesse vous portait. Vous trouverez joint à cette lettre un chèque de dédommagement.

En finissant de lire le carton d'annonce des funérailles de la duchesse, je me rendis compte qu'Art avait cessé de gémir. Je l'entendis même marmonner quelque chose dans la barbe qu'il n'avait pas, quand soudain, il s'exclama :

— L'éternité, l'éternité, l'éternité !! Nous avons la réponse à notre énigme, cher ami !

Je fus à mon tour effrayé par l'état de santé d'Art qui passait d'un état de deuil et de tristesse profonde à ce brusque revirement d'état avec la manifestation de cette joie et de cette excitation intenses.

— C'est un message du Ciel envoyé par la duchesse de Goldbridge ! reprit-il avec la même emphase.

— Calmez-vous, Art, je ne comprends rien à ce que vous racontez, dis-je pour essayer de le calmer.

— L'éternité, cher ami ! Horace Pegasus a emporté le manuscrit d'Albertus Fudge avec lui dans sa tombe, pour l'éternité !

— Vous êtes un génie, Art ! lui répondis-je, illuminé par la vivacité de son esprit.

Dans cet élan de folie, nous nous étions levés, agités par l'effervescence de cette découverte. Je bénis à mon tour cette pauvre duchesse de Goldbridge qui par son trépas nous donnait une nouvelle clé pour avancer plus profondément dans cette mystérieuse affaire. L'euphorie redescendue, je demandai à Art :

— Mais Art, comment allons-nous nous y prendre pour retrouver la tombe d'Horace Pegasus, probablement mort à la fin du dix-neuvième siècle ? Même si nous supposons qu'il est enterré à Paris, la ville dénombre au moins une dizaine de cimetières et des milliers de tombes, c'est comme chercher une aiguille dans une botte de foin...

— Nous allons trouver la tombe d'Horace Pegasus et nous l'ouvrirons pour en sortir de son silence éternel le manuscrit original d'Albertus Fudge, répondit-il vaillamment en écartant mes objections. Monsieur Artipiac doit être sur cette piste mais rien n'indique qu'il a déjà percé l'énigme du testament de Pegasus. Nous devons retrouver cette tombe avant lui. C'est notre seule chance de le retrouver et de l'arrêter dans sa funeste entreprise, avant qu'il ne soit trop tard. Si nous y parvenons, nous guetterons ensuite la tombe de Pegasus chaque soir jusqu'à ce que Monsieur Artipiac s'y présente, et nous l'intercepterons pour le ramener à la raison !

Art commença à faire les cent pas dans la verrière autour du canapé. Il réfléchissait tellement qu'on aurait cru voir de la fumée sortir par ses oreilles. Il attrapa sa boîte de pastilles et en mit trois d'un coup dans sa bouche. Après les avoir vidées de leur substance nutritive, il reprit.

— Nous devons nous rendre au service des archives des concessions funéraires de la ville de Paris, dit-il très sérieusement. Si Horace Pegasus est enterré ici, un registre mentionnant son nom doit exister.

Art contacta en début d'après-midi les archives funéraires de Paris. Aucun rendez-vous ne pouvait être pris le jour même et le mercredi était un jour fermé au public. Art prit donc rendez-vous deux jours plus tard, le jeudi à onze heures. Nous serions reçus par Madame Betina Lessac. Madame Lessac avait demandé à Art quel était le motif de cette visite et lui avait précisé que seules des personnes apparentées pouvaient faire de telles recherches. Art, qui excellait dans les tours de passe-passe et les représentations théâtrales, avait convaincu Madame Lessac en quelques secondes seulement de sa bonne foi et elle nous avait accordé ce rendez-vous.

Je rentrai chez moi en fin d'après-midi. En franchissant la porte d'entrée, j'aperçus Madame Sylvia qui jardinait comme à son habitude au pied de l'escalier. Nous nous saluâmes gaiement et je montai à grandes enjambées les escaliers jusqu'à ma chambre du sixième. Il commençait à faire vraiment froid à Paris. Je sentis le vent s'engouffrer entre les carreaux mal isolés de ma fenêtre. Je montai un peu le thermostat de l'unique radiateur en fonte dont je disposais, en espérant que ses rayons de chaleur viendraient chasser les courants d'air impolis pénétrant chez moi comme cela, sans frapper. Et puisque je devais prendre mon mal en patience et attendre notre rendez-vous aux archives de jeudi matin, j'avais proposé à Victoria de nous retrouver pour le déjeuner du lendemain. J'avais hâte de la retrouver.

Chapitre 15

La pluie tambourinait sur le macadam avec un tempo régulier. J'avais donné rendez-vous à Victoria Chez Prudol pour le déjeuner. Mon manteau ruisselait à grosses gouttes quand j'arrivai en face de la devanture du bistrot. Les grandes fenêtres étaient à moitié cachées par ces rideaux à carreaux rouges et blancs fixés à mi-hauteur. De l'extérieur, on ne pouvait voir que les grands lustres en laiton doré qui pendaient du plafond. Il fallait franchir l'épais rideau de velours après la porte d'entrée pour arriver enfin dans la salle. Je fus accueilli par un serveur sympathique qui comprit bien rapidement que je n'avais pas besoin de son aide pour trouver mon chemin. Victoria était assise au fond à gauche. Elle avait choisi une petite table flanquée d'un gros radiateur en fonte venant vous partager un peu de sa chaleur pour vous réconforter. Je lui déposai un tendre baiser sur le front, arrachant au radiateur son pouvoir d'attraction l'espace d'un instant.

— Quel temps affreux, tu es trempé et tout froid, dit-elle, laissant transparaître un frisson courant le long de son corps.

— Je vais vite me réchauffer ici, auprès de toi, répondis-je heureux.

La pluie avait forci, affichant désormais un tempo allegro et ruisselait lourdement le long des fenêtres, comme une invitation à ne pas sortir. La chaleur et la luminosité de la pièce contrastaient avec la noirceur qui régnait à l'extérieur.

— Je n'ai cessé de réfléchir à Monsieur Artipiac depuis samedi et je suis certaine que quelque chose cloche chez ce personnage, lança-t-elle. D'abord, avec Art, vous ne connaissez rien de lui. Ensuite, vous découvrez qu'il habite sur une péniche, ce qui n'est pas commun. Et vous ne trouvez aucun indice chez lui si ce n'est l'ouvrage d'Albertus Fudge. Enfin, nous savons désormais qu'il s'est probablement lancé à la recherche de la version manuscrite originale du conte d'Albertus Fudge. Il n'en faut pas plus pour se rendre compte que quelque chose ne tourne pas rond, non ?

— Hum... et ce que je vais te raconter là ne va faire que renforcer cette intuition que tu as... répondis-je, tourmenté.

Je racontai alors à Victoria que nous avions dorénavant toutes nos raisons de penser, avec Art, que le manuscrit original d'Albertus Fudge se trouvait enterré avec la dépouille d'Horace Pegasus. Victoria fit une moue de révulsion en entendant cela. Je lui contai alors notre entreprise consistant à trouver l'emplacement de son tombeau afin de procéder à l'opération, et l'urgence d'agir avant que Monsieur Artipiac n'y parvienne.

— Plus cette affaire avance, plus elle devient angoissante... Monsieur Artipiac est une pièce maîtresse de l'échiquier, nous devons déjà percer le mystère qui l'entoure : qui est-il ?

— Quelle serait la première chose que tu ferais si tu voulais disparaître tout en restant vivant ? demandai-je alors.

— Hum... Je ferais croire que je suis morte de sorte à pouvoir continuer à agir sans attirer les regards sur moi ?

— Monsieur Artipiac n'a visiblement pas choisi cette option-là. Il a disparu de la circulation mais nous n'avons aucune trace de sa mort. Et avec tous les éléments que nous avons récoltés jusqu'à présent, nous savons qu'il ne l'est pas et qu'il est même plus vivant que jamais et visiblement déterminé à trouver le manuscrit de Fudge.

— Hum... si je ne me faisais pas passer pour morte, je changerais d'identité alors ! lança-t-elle soudain. Je créerais mon propre personnage et je contrôlerais le moindre de ses faits et gestes.

— Pas bête ! répondis-je, intrigué par son idée. Il est tout à fait probable que c'est ce qu'une personne dans la situation de Monsieur Artipiac ferait, renchéris-je.

— Pour cela, nous devons alors essayer de trouver sa vraie identité, ce qui, j'imagine, ne va pas être des plus faciles.

— Oui, tu as raison... Comment nous y prendre ?

Nous finîmes notre déjeuner en explorant toutes sortes d'hypothèses mais malheureusement aucune d'entre elles ne semblait viable. Nous étions là dans une impasse, sciemment murée par Monsieur Artipiac. La pluie avait réduit son tempo allegro, sans doute pour nous laisser le temps, à Victoria, de retourner à son travail de bibliothécaire et, à moi, de rentrer chez moi. Nous payâmes l'addition, et le même serveur qui m'avait accueilli lorsque j'étais arrivé nous raccompagna chaleureusement jusqu'à la sortie. Derrière ce lourd rideau de velours, d'épais mystères nous attendaient. Je raccompagnai Victoria jusqu'à la bibliothèque. Sur le chemin, nous continuâmes à élaborer toutes sortes de suppositions afin de démasquer la véritable identité de Monsieur Artipiac. Mais aucune idée ne vint illuminer ce ciel bien gris. Je la laissai en face de la devanture de la bibliothèque et je rentrai lentement chez moi, comme alourdi par le fardeau de la pluie.

J'étais remonté dans ma chambre. Assis, face à ma petite table, je regardai la pluie qui avait elle aussi fini son déjeuner et repris sa besogne. Victoria finissait tôt aujourd'hui et je l'avais invitée à me rejoindre chez moi dès qu'elle le pourrait.

Victoria arriva chez moi en fin d'après-midi. Elle m'avoua à demi-mot que Madame Sylvia lui avait fait un grand sourire signifiant qu'on n'apprenait pas aux vieux singes à faire la grimace.

— Si je suis honnête avec toi, je crois que j'ai été démasqué par Madame Sylvia dès le premier jour où tu m'as plu ! répondis-je en riant.

Elle rit à son tour.

— Je n'ai pu détacher mon attention de la discussion sur Monsieur Artipiac que nous avons eue au déjeuner. Et j'ai eu une illumination en faisant des rangements cet après-midi, reprit-elle très sérieusement.

Je restai pendu à ses lèvres. Elle continua.

— Je rangeais dans la bibliothèque la section des grands auteurs du seizième siècle, Montaigne, Ronsard, du Bellay, Rabelais, etc. Quand soudain, me revint en tête l'une des anecdotes de l'histoire littéraire les plus connues : la double identité de l'écrivain François Rabelais. En effet, afin de ne pas avoir de soucis avec l'Église catholique, Rabelais signa certains de ses ouvrages les plus célèbres, comme Pantagruel ou Gargantua, du pseudonyme Alcofribas Nasier. Il ne s'agit en fait que d'une anagramme de François Rabelais. La technique de l'anagramme consiste à former un nouveau mot ou groupe de mots avec les mêmes lettres d'un groupe de mots initial. Et si Artipiac n'était autre qu'une anagramme inventée de toutes pièces par ce dernier ? me fit-elle remarquer.

— C'est une idée brillante ! répondis-je admiratif devant sa perspicacité et sa persévérance dans la résolution de ce grand mystère.

— Bon... Par contre, je n'ai trouvé aucune anagramme prometteuse formée à partir du nom Artipiac. J'ai retourné les lettres dans tous les sens, mais cela n'a rien donné. La seule anagramme détonante que j'ai trouvée est Patricia, mais je doute que Monsieur Artipiac ne s'appelle Patricia...

Nous éclatâmes tous deux de rire. Puis je repris plus sérieusement.

— Nous n'avons pas la science infuse. Nous allons poursuivre nos recherches dans cette voie. C'est la plus prometteuse que nous ayons !

Nous passâmes la soirée à discuter d'abord de cette fameuse découverte réalisée par Victoria, puis de nombreuses autres choses. Je préparai un bon dîner avec les ingrédients dont je disposai. Et nous bûmes une bouteille de vin rouge pour agrémenter ce repas, auquel vinrent se joindre nos rires gourmands et généreux.

Le lendemain matin, Victoria me quitta de bonne heure. Je devais retrouver Art un peu avant onze heures afin que nous nous rendions aux archives funéraires de Paris sur les traces de la tombe d'Horace Pegasus. Je disposais donc de plus de trois heures devant moi avant cette rencontre. La découverte de l'anagramme de François Rabelais racontée par Victoria la veille ne m'avait pas quitté. Il fallait épuiser cette piste jusqu'au bout. Je pensai alors à Monsieur Froschauer.

— Peut-être pourrait-il nous aider ! marmonnai-je.

Je pris une feuille de papier vierge et m'assis à ma table. Je devais lui faire part de toutes nos découvertes récentes.

Cher Hermann,

J'espère que vous vous portez bien et que les recherches de Louxor avancent comme vous le souhaitez. La pluie froide et hivernale s'abat sur Paris comme un escadron kamikaze. J'imagine que la neige doit commencer à saupoudrer les montagnes de son habit blanc et que ce spectacle doit être agréable à regarder depuis votre villa.

Depuis que nous nous sommes quittés, nous avons fait la découverte de plusieurs éléments, dont certains sont fort troublants. Je souhaite vous en faire part.

Tout d'abord, comme je vous l'ai mentionné dans ma première lettre, j'ai rapidement rendu visite à mon compagnon d'aventure Arthur afin de lui faire part des nouvelles que vous m'avez apprises. Il en fut fort troublé mais son génie nous permit de formuler une grande hypothèse concernant l'emplacement du manuscrit original d'Albertus Fudge. En effet, dans son testament, Horace Pegasus écrit la phrase suivante : "Il [le manuscrit original d'Albertus Fudge] doit traverser les siècles pour que la vérité soit percée et rompre le maléfice. Je ne peux rompre ce maléfice moi-même. Ce manuscrit sera caché dans l'unique endroit qui lui permettra de traverser les siècles, caché du monde, hors du temps." Nous avons toutes les raisons de croire qu'il repose avec la dépouille de Pegasus dans sa tombe. Nous nous sommes ainsi mis sur la piste de l'emplacement du tombeau d'Horace Pegasus. Dès que nous l'aurons trouvé, nous irons arracher aux siècles et à l'éternité le manuscrit d'Albertus Fudge. Toute cette affaire est habillée d'un voile mortuaire mystérieux et inquiétant. Nous prendrons nos dispositions et resterons sur le qui-vive.

Nous avançons également sur une piste parallèle avec Victoria, ma grande amie bibliothécaire. Je l'ai également embarquée, bien malgré moi, dans cette aventure tumultueuse. Cette seconde piste se concentre sur le personnage de Monsieur Artipiac. Nous pensons que son comportement est bien trop étrange pour ne pas retenir notre attention. Nous sommes convaincus qu'une partie de tout ce mystère se cache en lui. En effet, ce dernier semble tout nous cacher, comme si son personnage n'était qu'un artifice créé dans le but de tromper la réalité. Nous pensons que le nom Artipiac n'est qu'un nom d'apparat. Victoria est sur une piste prometteuse et ingénieuse. Nous avons nos raisons de croire que le nom Artipiac est une anagramme de sa vraie identité. Mais c'est ici que nous avons besoin de votre aide, cher Hermann. Nos recherches sur le nom caché derrière Artipiac n'ont rien donné, hélas. Nous espérons qu'avec les connaissances et la bibliographie dont vous disposez, vous aurez des résultats plus prometteurs.

Nous attendons votre retour avec impatience.

Amicalement,

Votre jeune ami de Paris

Je mis cette lettre sous pli et me préparai pour aller à la Poste la déposer et l'affranchir d'un timbre prioritaire afin que Monsieur Froschauer puisse la lire au plus vite. Lorsque j'arrivai au pied de l'escalier, Madame Sylvia n'attendit pas que je reprenne mon souffle pour me saluer.

— Bonjour mon petit, vous vous occupez bien de votre jardin, c'est bien. Vous savez, il faut en prendre soin.

— Bonjour Madame Sylvia, répondis-je en souriant et en rougissant, ne pouvant cacher ce qu'elle avait inévitablement vu.

— Vous savez, mon petit, les femmes, c'est comme les orchidées. Il faut les bichonner. Si on les arrose trop, elles meurent. Si on ne les arrose pas assez, elles meurent. Moi, on m'a toujours trop arrosé ou pas assez arrosé, malheureusement. Mais c'est ainsi, c'est la vie. Pensez-y.

— Merci, Madame Sylvia !

— Avec plaisir, mon petit.

— Bonne journée, Madame Sylvia !

Et je quittai l'immeuble, en direction de la Poste avant de rejoindre Art. En marchant, je pensais à Victoria qui m'avait quitté un peu plus tôt ce matin et me disais que j'avais cueilli une superbe orchidée.

— J'en prendrai soin, Madame Sylvia, promis, dis-je dans un murmure.

Chapitre 16

J'arrivai à l'entrepôt en milieu de matinée. Art m'attendait dans la verrière. Il était vêtu d'une longue veste qui descendait sous ses genoux et portait une écharpe bleu gris soigneusement enroulée autour de son cou tel un boa constrictor en action.

— C'est parti, Bobby, allons rencontrer Betina Lessac ! dit-il, décidé, dès qu'il m'aperçut.

Nous arrivâmes devant le bâtiment des archives quelques minutes avant l'heure de rendez-vous. Nous nous trouvions devant une imposante porte rehaussée d'une sculpture. Le bas-relief représentait une femme en toge en train d'écrire, assise sur une montagne de manuscrits. Nous étions au bon endroit, me dis-je. De part et d'autre de la porte gisaient quatre colonnes colossales en pierre, rappelant aux visiteurs du jour que nous n'étions rien face au domaine de la connaissance. À onze heures tapantes, Art sonna sur l'unique bouton qui indiquait "gardien". Quelques instants plus tard, un petit monsieur moustachu vint nous ouvrir.

— Vous avez rendez-vous ? demanda-t-il.

— Avec Madame Betina Lessac, répondit Art sans attendre.

— Suivez-moi.

Nous suivîmes ce monsieur dans une cour de gravillons. Chacun des pas du gardien s'enfonçait en crissant sourdement dans l'épais matelas de graviers qui devait être ratissé tous les jours, ou peut-être même après chaque passage. Nous arrivâmes ensuite devant l'entrée d'un grand bâtiment ancien. Nous franchîmes sa haute porte vitrée de petits carreaux et arrivâmes dans l'entrée. Une dame à l'allure austère, aux cheveux noirs comme le pétrole, coiffée d'une frange impeccablement taillée et habillée d'un tailleur gris maussade, nous attendait là, droite comme un réverbère urbain.

— Je suis Betina Lessac, suivez-moi, dit-elle abruptement.

Nous nous exécutâmes dans le sillon de ses pas et laissâmes le gardien retourner vers sa loge. Madame Lessac portait des escarpins vernis noirs brillant dont les talons claquaient le sol à chacun de ses pas comme les sabots de la garde montée sur le macadam parisien.

— Vous venez pour le magasin des concessions funéraires, c'est bien cela ? lança-t-elle.

— Euh… il doit y avoir malentendu, répondit Art, gêné, nous ne sommes pas venus pour acheter quoi que ce soit.

— Il n'y a rien à acheter ici, coupa-t-elle sèchement. Les magasins des archives sont les espaces de conservation fermés au public où sont stockés les documents non destinés à être consultés en libre-service, la plupart du temps en raison de leur ancienneté et de leur fragilité. C'est pour cette raison que vous êtes venus ici, si je ne me trompe. Les concessions funéraires octroyées au dix-neuvième siècle font partie du magasin des concessions funéraires anciennes.

Puis elle se tut et nous continuâmes de la suivre en silence, dans le fracas de ses pas martelant le sol. Nous empruntâmes un large escalier qui nous emmena devant une grande porte.

— Le magasin des concessions funéraires anciennes, dit-elle de sa voix monotone et dépourvue de toute chaleur humaine.

Elle attrapa le trousseau de clés qui se trouvait dans la poche droite de son tailleur. Des dizaines de clés de toutes tailles étaient emprisonnées sur l'arceau central en métal. Elle saisit l'une des clés et l'enfonça sans précaution dans la serrure de la porte. Elle tourna la clé quatre fois sur elle-même, puis la porte s'ouvrit. Madame Lessac pénétra dans la pièce et nous la suivîmes dans le même silence religieux. Lorsque nous entrâmes dans la pièce, je découvris une vaste nef voûtée percée de fenêtres de part et d'autre de l'arcade majestueuse. Les murs étaient couverts de rayonnages en bois sur lesquels reposaient des centaines de volumes d'archives. Madame Lessac traversa la salle et nous arrivâmes devant deux portes de bois encastrées dans le mur.

— Nous y sommes, les archives que vous recherchez se situent dans cette armoire.

Derrière les deux portes en bois, Betina Lessac fit apparaître deux portes en métal oxydé par le temps. L'épaisseur de ces dernières témoignait de leur caractère indestructible. Madame Lessac sortit alors un autre trousseau de clés, qui se trouvait dans la poche gauche de son tailleur. Il ne comportait que trois clés de même dimension. Elle prit la première clé, l'enfonça dans la première serrure la plus à gauche. Elle tourna la clé deux fois sur elle-même, puis la retira. Elle répéta cette opération avec les deux autres clés qu'elle mit dans les deux serrures restantes, l'une après l'autre. Quand elle eut fini de faire tourner la dernière clé sur elle-même, un bruit d'engrenage métallique se fit entendre et la bouche de l'armoire de fer s'ouvrit en grand. L'armoire était divisée en trois sections de gauche à droite : antérieur au dix-huitième siècle, dix-huitième siècle et dix-neuvième siècle. Chacune des sections était composée de vingt sous-sections qui correspondaient à des lettres permettant de trier les concessions octroyées par nom de famille. Betina Lessac sortit de sa poche gauche une paire de gants blancs dont elle couvrit ses mains aussitôt. Elle se dirigea vers la section du dix-neuvième siècle et sortit de son emplacement la sous-section O-P. Elle vint placer cette longue boîte en bois sur la table qui se trouvait au milieu de la pièce.

— Pegasus, c'est bien ce nom que vous cherchez ? lança-t-elle avec une froideur qui pénétra sous l'épaisseur de ma veste.

— Tout à fait, c’est l’illustre ancêtre que nous cherchons, répliqua Art.

Je lançai un regard électrique à Art qui le suppliait de ne pas trop en faire. Nous ne voulions pas avoir d’ennuis et nous devions rester les plus discrets possible. Madame Lessac fit glisser ses doigts, dont on devinait les os maigrelets sous la chair, sur les différents intercalaires du coffret. Mon cœur battait au rythme d’un cheval au galop et je priai pour que cette dernière trouvât le carton d'une concession funéraire au nom de Pegasus. C’était maintenant la troisième fois qu’elle parcourait la rangée de carton. Brusquement, elle s’arrêta et nous regarda.

— Pas de trace de Pegasus dans les concessions funéraires du dix-neuvième siècle, lança-t-elle sans la moindre oscillation dans sa voix.

Nous nous regardâmes dépités avec Art. Nous ne pouvions pas croire que nous avions fait tout cela pour rien. Art sortit alors de sa poche sa petite boîte métallique pour en extraire une pastille blanche. Il la mit dans la bouche et commença à la sucer convulsivement.

— Il est interdit de manger dans l’enceinte des archives, signala Betina Lessac à Art.

— Je ne mange pas, je réfléchis, répliqua-t-il aussitôt.

Betina Lessac attrapa de ses gants blancs la boîte en bois posée sur la table. Elle se dirigea vers l’armoire en métal pour l’y replacer. Alors qu’elle l’enfonçait avec nonchalance dans son emplacement, Art intervint.

— Vérifions la boîte d’archives des noms de famille G-H ! s’exclama Art avant que Betina Lessac enclenche la cérémonie mécanique de fermeture de l’armoire. Peut-être que l’acte de concession funéraire d’Horace Pegasus a été malencontreusement rangé par la lettre du prénom et non par celle du nom, expliqua-t-il.

Madame Lessac leva les yeux au ciel, nous témoignant que nous lui faisions perdre son temps. Mais contre toute attente, elle attrapa la boîte G-H de la section du dix-neuvième siècle. Elle vint poser le coffret en bois sur la grande table gisant au centre de la pièce et recommença le même ballet de ses doigts cadavériques. Soudain, elle s'arrêta et tira hors de la boîte une fiche cartonnée jaunie par le temps.

— Horace Pegasus, dit-elle.

Nos regards se croisèrent avec Art et je vis la jubilation qui en jaillissait. Betina Lessac vint poser l'acte de concession funéraire sur la table afin que nous puissions en prendre connaissance. Nous nous approchâmes du document avec Art afin de lire ce qui y était inscrit.

— Bas les pattes ! s'exclama brusquement Madame Lessac, nous faisant sursauter. Ne touchez pas au document, votre putride transpiration risquerait de l'abîmer, dit-elle aridement.

Nous maintînmes alors une distance de sécurité et commençâmes la lecture du document. L'acte attestait qu'Horace Pegasus avait acheté une concession perpétuelle au cimetière de l'Est à Paris en février 1891. L'emplacement du caveau se situait dans la vingt-septième division du cimetière. Je notai précieusement ces informations dans le petit carnet que j'avais emporté avec moi. Puis, nous signalâmes à Madame Lessac que nous avions désormais toutes les informations dont nous avions besoin. De son air atone et inexpressif, elle prit alors l'acte qu'elle vint cette fois-ci ranger dans le bon coffret en bois, portant les initiales O-P, qu'elle avait ressorti de l'armoire en métal. Une fois la cérémonie de fermeture de l'habitacle terminée, Madame Lessac nous pria de la suivre vers la sortie. Nous suivîmes alors dans le silence le frappement de ses pas secs sur le sol jusqu'à nous retrouver dans l'entrée du bâtiment. Le gardien nous y attendait et, comme un passage de relais, cette dernière se retourna sévèrement sans exprimer un seul mot puis repartit à ses occupations, nous laissant aux mains du gardien des lieux qui nous raccompagna jusqu'à la sortie. Je remarquai, en marchant sur les gravillons, qu'ils avaient été ratissés depuis notre passage de l'aller. Une fois sortis de l'établissement, comme autorisés à parler à nouveau, je dis à Art :

— Nous devons maintenant trouver ce cimetière de l'Est !

— Il est à l'Est à mon avis, répondit-il en se bidonnant.

Je ris aussi.

— Avez-vous une idée de son emplacement ? repris-je plus sérieusement.

— Point encore, nous discuterons de tout cela cet après-midi, Bobby. Je dois filer à l'atelier, j'ai rendez-vous avec un client dans vingt-cinq minutes. Retrouvez-moi cet après-midi.

Sur ces paroles, Art me quitta rapidement afin de ne pas manquer cette rencontre. Je décidai alors de passer à la bibliothèque de Victoria puisque j'avais un peu de temps devant moi.

Quand j'arrivai en face de la devanture vert sombre, je la vis en train de ranger quelques livres sur les étagères, comme elle le faisait souvent. Au moment où j'entrai, la discrète clochette retentit de son écho cristallin. Elle se retourna en l'entendant et se dirigea vers moi en me voyant.

— Comment s'est passé votre rendez-vous aux archives ? demanda-t-elle curieuse.

— Après une fausse frayeur, nous avons bel et bien réussi à trouver l'emplacement du tombeau d'Horace Pegasus ! répondis-je enjoué, bien que la dame des archives fût aussi agréable qu'un cadavre sur pattes.

Je lui racontai nos tribulations aux archives avec Art, le document mal rangé et finalement la trouvaille excitante du fameux acte scellant l'emplacement du tombeau d'Horace Pegasus.

— Nous devons maintenant trouver où se situe le cimetière de l'Est, dis-je à Victoria.

— Tu ne vas pas avoir de mal à le trouver puisque c'est le plus grand cimetière de Paris, me répondit-elle avec un air madame-je-sais-tout.

— Comment ça ?

— Le cimetière de l'Est n'est autre que le nom administratif donné lors de son édification au cimetière du Père-Lachaise, répondit-elle comme si j'étais le seul à ne pas le savoir.

— Excuse-moi de ne pas le savoir, répliquai-je un peu vexé.

— Mais non, peu de personnes le savent dans les faits, dit-elle de sa voix douce pour me rassurer et ayant remarqué qu'elle m'avait vexé. C'est le plus grand cimetière de France, aussi le plus mystérieux. Il ne dénombre pas moins de soixante-dix mille tombes et plus d'un million d'âmes.

Il devenait évident qu'Horace Pegasus ne pouvait avoir été enterré qu'en un pareil endroit, me dis-je. J'expliquai alors à Victoria qu'il fallait désormais que nous élaborions un plan avec Art afin de nous y rendre. Le temps pressait. Le tombeau de Pegasus devait nous livrer ses secrets, avant que ce mystère ne fasse disparaître Monsieur Artipiac à tout jamais.

— Au fait, dit Victoria alors que j'étais sur le point de la quitter, as-tu fini *Le Comte de Monte-Cristo* ?

Elle comprit à mon regard que je ne l'avais pas avancé d'une page depuis des jours, peut-être même depuis plusieurs semaines, et qu'il siégeait toujours confortablement sur ma table de nuit, se couvrant peu à peu de poussière grise. Victoria afficha un sourire tendre. Elle déposa un baiser sur mes lèvres et je quittai la bibliothèque.

J'arrivai à l'entrepôt en milieu d'après-midi. Art était dans son atelier où il avait repris le travail de l'une de ses commandes non achevées.

— Le cimetière de l'Est n'est autre que le cimetière du Père-Lachaise, Art ! lançai-je.

— Quelle efficacité, Bobby ! répondit-il.

— À vrai dire, c'est Victoria qui me l'a appris...

Nous nous retrouvâmes alors dans la verrière. Art avait préparé un peu de thé à la menthe.

— Nous devons y aller, dit Art. Nous devons repérer les lieux et découvrir où se trouve le tombeau de Pegasus.

— C'est une étrange entreprise, mais je ne vois hélas pas d'autre option possible... Je me suis renseigné, le cimetière ferme dans moins de deux heures, cela ne nous laisse pas le temps de nous y rendre aujourd'hui. Que dites-vous d'aller y faire un tour demain matin dès son ouverture ?

— Le plus tôt le mieux, Bobby ! Nous irons demain matin à l'aube, répondit Art avec aplomb. Nous nous retrouverons devant son entrée principale directement.

— Art, lançai-je alors qu'il était en train de se lever, avez-vous peur ?

Art fit sans s'en rendre compte une très légère moue qui laissa apparaître un brin d'inquiétude dans son regard. Enfin, c'est ce que je supposai.

— Peur ? Pourquoi voulez-vous avoir peur ? répondit-il l'air de rien.

Je ne ressentais quant à moi rien de rassurant dans cette entreprise qui nous attendait. Après m'avoir salué et donné rendez-vous le lendemain matin devant le cimetière du Père-Lachaise, Art repartit finalement à son œuvre, le pas un peu plus lent et plus lourd que d'habitude.

Chapitre 17

Je retrouvai Art à huit heures du matin devant la grande entrée du cimetière du Père-Lachaise, boulevard de Ménilmontant. C'était la première fois que j'allais pénétrer dans ce lieu.

— Allons-y ! lança Art.

Nous pénétrâmes alors dans l'enceinte du cimetière, munis d'un plan indiquant les différentes divisions.

Construit sur une colline, le cimetière présentait un relief très accidenté. Nous nous engageâmes sur la grande avenue principale, entièrement pavée. D'illustres personnages de la grande Histoire, tels que le baron Haussmann, nous accueillaient dans leur silence de marbre et de pierre. À mesure que nous marchions, une grande chapelle se dessinait sur le promontoire de notre ligne d'horizon. Nous quittâmes l'imposante allée principale pour emprunter un petit chemin de terre sur le bas-côté droit, qui nous mena au pied d'un escalier étroit et pentu. Nous gravîmes les marches flanquées aléatoirement de tombeaux et d'arbres. Le cimetière était également un gigantesque parc abritant pas moins de cinq mille spécimens de végétaux. Nous passâmes devant un imposant monument aux morts puis poursuivîmes notre ascension jusqu'à arriver sur un plateau d'altitude où se situait la chapelle principale du cimetière. Nous nous trouvions alors au niveau de la vingt-et-unième division. Nous reprîmes notre souffle et nos esprits. Comme si le lieu imposait un devoir de mutisme, nous n'avions pas prononcé un seul mot jusqu'ici. Art saisit le plan, repéra la division vingt-sept, et nous poursuivîmes notre périple au royaume des morts. Nous nous dirigeâmes vers la place Casimir Perier. En chemin, plusieurs corneilles noires perchées sur les stèles des tombes nous regardaient de leurs yeux malicieux et brillants, telles des gardiennes surveillant leur domaine. Nous passâmes la place pour nous engouffrer dans l'avenue des Acacias. À ce moment-là, je louai Art d'être venu avec moi, car à cette heure matinale de la semaine, peu d'âmes vivantes foulaient le pavé de ce royaume endormi, et l'atmosphère y était étrange. Art s'enfonça soudainement au milieu des tombes sur la gauche, sortant de l'allée. Nous commençâmes à traverser la division dix-huit, très accidentée par le relief. Art se faufila entre deux tombes dans un petit escalier qui montait à pic. Je le suivis entre les sépultures en me frayant un passage dans la végétation touffue. Nous arrivâmes sur une nouvelle allée pavée, plus étroite que la précédente, qui faisait office de plateau, que nous quittâmes aussitôt pour nous enfoncer à nouveau dans la division dix-neuf au milieu de cette jungle de stèles, de sépultures et de végétaux. Je faisais attention où je posais mes pieds, de peur de m'enfoncer par mégarde dans les brèches d'un tombeau fracassé par les racines des arbres environnants, qui avaient repris leurs droits sur certains emplacements. Nous sortîmes enfin de cette division pour tomber sur le chemin du Dragon.

— Nous y sommes, dit Art.

C'était la première parole qu'il prononçait depuis notre entrée dans le cimetière. Nous nous trouvions au milieu d'un ensemble de sépultures, tombeaux et chapelles funéraires, sous l'ombre des vieux arbres environnants.

— Nous devons trouver le tombeau de Pegasus, glissa Art.

Nous commençâmes alors un travail d'exploration. La plupart des inscriptions sur les tombes avaient été rongées par le temps, ce qui rendait leur déchiffrement difficile. Certaines tombes au sol étaient même ensevelies sous des tapis de feuilles desséchées qu'il fallait dégager. Dans cette partie du cimetière, chaque centimètre du sol était occupé par des âmes mortes, et aucune harmonie géométrique ne régnait dans la construction, rendant notre entreprise laborieuse. Soudain, dans le creux d'un petit vallon, à l'ombre d'un haut sapin, une chapelle funéraire attira mon attention. Son architecture gothique la rendait effrayante. Je m'approchai de l'édifice pour en chercher les inscriptions gravées dans ses pierres. Au-dessus de la porte voûtée, rouillée par le temps, je pus déchiffrer, gravé dans la pierre polie par les gifles du vent, "Horace Pegasus". Je courus chercher Art. Lorsqu'il fut devant la porte de la chapelle funéraire, un frisson le parcourut et il ne put cacher la moue d'épouvante qui se forma sur son visage.

— Ci-gît Horace Pegasus, dit-il gravement.

Nous y étions...

Sans parler davantage, nous commençâmes à observer la structure de l'édifice. La chapelle funéraire où reposait Pegasus était composée de trois faces visibles. La dernière face, derrière, était enfoncée dans le flanc de la colline, la chapelle ayant été construite dans le creux du petit vallon. Les façades latérales en pierre étaient noircies par le temps et l'humidité. Des chapiteaux sculptés se dessinaient en pointe de part et d'autre de l'ouvrage. Chaque façade était gardée par deux gargouilles terrifiantes. Ces créatures aux oreilles disproportionnées et pointues avaient des yeux maléfiques. Leur bouche ouverte semblait déverser un flot de sortilèges pour protéger le tombeau et ensorceler toute âme vivante qui tenterait d'y pénétrer. La porte de la chapelle était en fer forgé et toute rouillée. Ses interstices permettaient de voir l'intérieur de l'édifice. Avec Art, nous comprîmes rapidement que la disposition géologique du lieu avait permis de creuser le caveau recueillant le cercueil directement dans le mur que nous pouvions observer en face de nous depuis la porte d'entrée. La trappe du caveau, à hauteur d'homme, se trouvait au-dessus d'un petit autel. Cette trappe, visiblement en marbre grisâtre, avait la dimension d'un cercueil. C'était à l'intérieur de celle-ci que devaient se trouver la demeure éternelle d'Horace Pegasus et le manuscrit original d'Albertus Fudge. Je lançai un regard à Art qui comprit ce qu'il nous restait à faire.

— Nous reviendrons ici de nuit et nous pénétrerons dans la demeure éternelle d'Horace Pegasus, lui soufflai-je à voix basse.

— Trouvons maintenant comment nous introduire dans le cimetière en pleine nuit, me dit-il.

Nous quittâmes la chapelle funéraire de Pegasus et nous mîmes en marche pour trouver un moyen d'entrer dans l'enceinte du cimetière de nuit. Nous regagnâmes le chemin du Dragon.

— L'atmosphère est moins pesante ici, dis-je à Art.

— Je suis bien d'accord avec vous, Bobby.

Art avait repéré sur le plan que la porte de sortie la plus proche était la porte de la Réunion, située au sud du cimetière. Nous nous dirigeâmes vers celle-ci. En arrivant sur les lieux, nous comprîmes que les choses n'allaient pas être aussi simples que nous l'avions imaginé. En effet, cette porte de sortie se trouvait en contrebas d'un escalier donnant accès à la rue. Cependant, le mur d'enceinte était très haut à cet endroit, donc infranchissable sans une échelle, et des barbelés encerclaient l'enceinte à ce niveau-là. Nous devions trouver une autre voie pour nous faufiler discrètement. Nous longeâmes alors la muraille du cimetière vers l'est avant de remonter vers le nord. Le mur d'enceinte au nord du cimetière longeait la rue des Rondeaux. Nous suivîmes ce mur jusqu'à la porte Gambetta. Puis, nous sortîmes du cimetière par cette dernière et je remarquai aussitôt que la rue des Rondeaux était à la même hauteur que le cimetière. Nous étions sur un plateau. Cela en faisait un bien meilleur candidat pour notre incursion nocturne. Je le fis remarquer à Art, à qui ce détail n'avait pas échappé non plus. Le principal problème auquel nous fûmes confrontés dans cette rue fut que des pics métalliques très aiguisés avaient été installés le long du mur d'enceinte côté rue pour empêcher toute entreprise comme la nôtre. Nous continuâmes alors de longer le cimetière en suivant la rue des Rondeaux vers le nord. Soudain, Art s'arrêta au niveau du 62 bis.

— Eh Bobby, regardez, il n'y a pas de piques ici ! me dit-il.

Je levai la tête et vis en effet qu'une portion de piques d'environ cinquante centimètres manquait le long de la muraille. En outre, une petite bâtisse jouxtait la muraille côté cimetière à cet emplacement.

— Avec une échelle, nous pourrions sans doute facilement atteindre le toit de cette maisonnette afin d'atterrir dans l'enceinte du cimetière depuis la rue, continua Art.

Nous pénétrâmes à nouveau dans le cimetière par la porte Gambetta pour vérifier si l'atterrissage derrière la maisonnette située dans le cimetière était possible. Nous en eûmes rapidement la confirmation et Art jubila.

— Nous avons notre plan, cher ami ! lança-t-il plus déterminé que jamais.

— Ne traînons pas, lui répondis-je. Rentrons maintenant à l'entrepôt pour préparer notre expédition.

Nous fûmes de retour à l'entrepôt en fin de matinée. Art faisait les cent pas et avait au moins vidé la moitié d'une boîte de pastilles Vichy. Son cerveau était en ébullition et il ne pensait qu'à notre plan pour pénétrer dans le cimetière de nuit.

— Nous savons par où entrer et où se trouve le tombeau d'Horace Pegasus, fit-il. Pour entrer, il nous faut une camionnette et une échelle télescopique.

— Nous avons tout ce qu'il nous faut de ce côté-là à l'entrepôt, lui répondis-je. Nous emprunterons une grande échelle de ramonage et la camionnette de Monsieur Artipiac.

— Bien vu, Bobby. Il nous faut ensuite pénétrer dans la chapelle funéraire de Pegasus et pour cela, il faut ouvrir cette porte toute rouillée.

— Hum... fis-je. L'avantage d'y aller en pleine nuit, c'est que nous ne serons gênés par personne, et même si nous faisons un peu de bruit en forçant la serrure de la porte, je doute que nous n'éveillions des soupçons. Nous avons bien déjà forcé la porte de la péniche de Monsieur Artipiac, nous ne sommes plus à une porte près, dis-je étonné par mes propres propos qui, dans un autre contexte, auraient été ceux d'un cambrioleur expérimenté.

— Vous avez raison, nous procéderons ainsi.

— Et pour le caveau, savez-vous comment nous y prendre pour le desceller ? demandai-je à Art.

— Avec un burin et un marteau, j'ai fait un peu de sculpture jadis, je dois avoir quelques restes, lança-t-il.

— Eh bien Art, voilà, je crois que nous avons notre plan ! Quand interviendrons-nous ?

— Ce soir, ou plutôt cette nuit, le temps presse ! répondit-il aussitôt. Nous nous retrouverons ici à deux heures du matin.

J'avalai ma salive et acquiesçai. Kelly vint soudainement se frotter à moi, comme si elle avait ressenti l'angoisse que je venais d'éprouver. Puisque nous interviendrons ce soir même, je décidai d'aller rendre visite à Victoria à la bibliothèque. S'il nous arrivait quelque chose avec Art, pensai-je, je voulais qu'au moins une personne soit tenue au courant de nos agissements.

Chapitre 18

Je me présentai devant l'entrepôt en pleine nuit, à deux heures du matin. J'étais habillé de vêtements sombres, avec une veste marron qui s'arrêtait à ma taille, près du corps une fois fermée. Il ne fallait prendre aucun risque lorsque nous escaladerions les hauts remparts du cimetière, et je ne voulais certainement pas laisser un morceau de tissu déchiré sur les lieux. Art avait sorti la vieille camionnette blanche de l'entrepôt. Les inscriptions floquées sur la carrosserie avaient été effacées par le temps. Il m'attendait à l'intérieur et me fit signe de le rejoindre.

— Bonsoir Art, prêt pour cette expédition ? lui demandai-je en grimpant sur le siège passager.

— Plus prêt que jamais à pénétrer dans le royaume des morts, Bobby ! me répondit-il vaillamment.

— Vous avez chargé tout le matériel ?

— Affirmatif Lieutenant. J'ai placé dans le coffre l'échelle télescopique et une sacoche que je pourrai porter aisément sur moi tout du long, dans laquelle j'ai fourré deux lampes électriques, un burin, un marteau et quelques outils pour ouvrir la porte de la chapelle funéraire.

Mon sang se glaça en entendant ces derniers mots. Déjà qu'une atmosphère étrange et sombre se dégageait du cimetière à la clarté du jour, je n'osais pas imaginer ce que nous allions vivre au beau milieu des ténèbres de la nuit. Art démarra ensuite le moteur.

— Je ne sais pas jusqu'où ce voyage nous mènera, mais nous ne pouvons plus reculer, me lança Art gravement, le pied enfoncé sur l'accélérateur et les yeux plantés dans l'obscurité de la nuit qui régnait de l'autre côté du pare-brise.

Les rues de Paris étaient à cette heure-là vidées de toute âme vivante, et nous arrivâmes rapidement aux abords du cimetière du Père-Lachaise. Nous nous en tînmes à notre plan et garâmes la camionnette juste en face du 62 bis de la rue des Rondeaux. La rue des Rondeaux n'était pas éclairée la nuit. Art coupa le moteur, puis nous sortîmes pour décharger le matériel du coffre. J'attrapai l'échelle que j'avais l'habitude de manier. Je la dépliai soigneusement et dans le plus grand silence, je l'installai contre le mur, à gauche de la maisonnette située dans l'enceinte du cimetière, à l'endroit où les piques métalliques manquaient. Je fis un signe de la tête à Art pour signifier que nous pouvions commencer l'opération. Art portait sa petite sacoche en bandoulière serrée contre son corps. Lorsque mon pied foula la première marche de l'échelle, mon estomac se noua et un sentiment d'angoisse me prit. Il était trop tard pour faire demi-tour. Je pensai à Victoria et commençai à faire avancer mes pieds l'un après l'autre sur les échelons métalliques. Art me rejoignit rapidement sur le toit peu pentu de la maisonnette. Il m'aida ensuite à remonter l'échelle, que nous déposâmes à plat sur le toit et que nous bloquâmes le long de la gouttière. Nous n'aurions plus qu'à réaliser l'opération inverse lors de notre retour. Une fois sur le toit, nous pouvions facilement descendre dans le cimetière, ce que nous fîmes sans attendre davantage.

— Bienvenue au royaume des morts, me glissa Art.

Le cimetière était plongé dans l'obscurité totale. Nous commençâmes notre traversée en suivant strictement le même chemin que lors du repérage. Nos yeux commençaient à s'habituer à ce brouillard noir. Le froid pénétrait les différentes couches de mon corps et venait toquer jusqu'à mes os. J'entendais parfois des petits pas remuant les feuilles mortes au sol. Sans doute de petits animaux nocturnes, pensai-je pour me rassurer. Nous arrivâmes enfin à la division vingt-sept. Art sortit du chemin principal et commença à s'enfoncer dans cette parcelle accidentée recouverte de végétation et densément peuplée de tombeaux. La pénombre devint plus intense et nous dûmes allumer nos lampes électriques. Je suivis Art qui descendait dans le creux du petit vallon. Le grand sapin était notre repère et nous savions que la chapelle funéraire d'Horace Pegasus se trouvait à son pied. Nous arrivâmes enfin devant le tombeau. Art posa sa sacoche par terre.

— Éclairez-moi la porte pendant que j'essaie de l'ouvrir, me chuchota Art.

Art fouilla dans son sac et en sortit deux outils métalliques. Il commença par étudier la façon dont il devait s'y prendre. Il attrapa les poignées métalliques et commença à les secouer légèrement pour évaluer la situation. Un grincement strident se fit entendre.

— Nous allons être repérés, dis-je inquiet à Art de ma voix la plus basse possible.

Art ne m'écouta pas et continua ses mouvements de va-et-vient avec la porte. Il intensifia alors la cadence et soudain, dans un mouvement sourd, les deux vantaux rouillés s'ouvrirent sans qu'Art n'ait besoin d'utiliser ses outils.

— Vous voyez Bobby, nous n'entrons même pas comme des cambrioleurs cette fois, la porte s'ouvre à nous toute seule, me dit Art, un peu surpris mais content de ne pas avoir à utiliser ses outils.

Je le fixai mais fus incapable de lui répondre quoi que ce soit. Avant de m'engouffrer dans la chapelle avec lui, je balayai les environs de mon faisceau lumineux afin de vérifier les branchages. Je suivis alors Art à l'intérieur de la chapelle funéraire. L'édifice ne pouvait accueillir que deux personnes vivantes tout au plus. J'aperçus le petit autel qui reposait au fond du sanctuaire, au-dessus duquel se trouvait la trappe en marbre donnant accès au caveau d'Horace Pegasus. Je remarquai que sur le promontoire de cette dernière gisait une inscription. Je m'approchai avec ma lampe pour la déchiffrer et pus lire "Horace Pegasus 1865 - 1895". Art s'approcha alors de moi et me chuchota :

— Il est enfin l'heure de connaître la vérité, Bobby.

— Allons-y, nous n'avons pas fait tout cela pour rien... lui répondis-je en déglutissant.

Deux poignées torsadées en bronze verdi par le temps trônaient sur la trappe en marbre. Au moment où Art s'apprêta à les serrer pour vérifier la difficulté qu'il aurait à desceller l'entrée du caveau, un craquement sec se fit entendre à l'extérieur de la chapelle. Je crus que mon cœur s'arrêta à ce moment-là.

— Éteignez votre lampe ! me lança Art dans un chuchotement pressant.

Je m'exécutai sur-le-champ. Une sueur glaciale parcourut mon corps.

— Que faisons-nous Art ? lui demandai-je tétanisé.

— Sortons pour vérifier d'où provient ce bruit, me répondit Art toujours en chuchotant. Je vais prendre la petite barre de fer que j'ai emportée avec moi dans ma sacoche. Suivez-moi et restons sur nos gardes.

Nous étions désormais dans l'obscurité totale, toujours dans l'enceinte de la chapelle, et nous nous apprêtions à sortir pour vérifier les environs. Je suivis Art qui marchait à pas de loup pour ne faire aucun bruit. Nous sortîmes enfin du tombeau. Art s'arrêta et tendit l'oreille. Je repensais aux gargouilles monstrueuses qui siégeaient sur les façades de l'édifice. Nous ne perçûmes aucun bruit et le lourd rideau silencieux de la nuit prédominait en maître des lieux. Art se retourna vers moi.

— Probablement le passage d'un animal, sans compter que notre imaginaire dans un tel lieu n'agit pas tout à fait de manière objective, me dit-il à demi-voix pour me rassurer. Rallumons nos lampes pour balayer l'horizon, cela confirmera sûrement tout cela.

Nous rallumâmes nos lampes et balayâmes l'horizon crépusculaire des lieux. Nous ne vîmes rien de particulier, si ce n'est les végétaux qui se mouvaient dans le léger vent glacial de la nuit.

— Vous avez sans doute raison Art, notre imagination nous joue des tours... lui répondis-je en murmurant pour me rassurer.

— Rentrons dans la chapelle pour finir le déroulement de l'opération, me dit-il alors.

Je le suivis à nouveau jusqu'à l'entrée du caveau. Art avait reposé la petite barre de fer dans la sacoche et il agrippa les deux poignées en bronze de la pierre tombale. Il commença à tirer la trappe vers lui. Je vis alors qu'elle commençait à se mouvoir sous la force déployée par Art. Petit à petit, j'aperçus la trappe se décoller du mur et avancer vers nous, laissant tomber sur l'autel de petits nuages de poussière grisâtre. Le ciment qui scellait la pierre tombale avait dû perdre ses propriétés avec le temps, permettant à Art d'intervenir sans utiliser son burin. La lourdeur de la pierre rendait le travail lent et minutieux. Quand Art sentit que la pierre allait être totalement descellée de son habitacle, il s'arrêta un instant.

— Aidez-moi à la poser sur l'autel, me dit-il.

Art reprit son ouvrage et quand la dalle fut entièrement sortie de son orifice, je l'aidai à la poser sur l'autel. Un trou béant et obscur, s'enfonçant dans le ventre de la colline jouxtant la chapelle, apparut devant nous. Je pris alors ma lampe et dirigeai son faisceau lumineux à l'intérieur. Lorsque le jet de lumière vint percuter le cercueil d'Horace Pegasus, le monde sembla s'arrêter autour de nous.

— Sortons-le à présent et finissons-en, dis-je à Art aussi résigné que déterminé.

Art commença à enfoncer son bras dans la cavité ténébreuse. Il saisit alors la poignée qui se trouvait sur la paroi du sarcophage en bois. Il commença à le tirer vers lui. Soudain je vis le cercueil poindre à l'extérieur de l'abîme. La paroi de bois glissait le long de la pierre comme un serpent recrachant un animal mal digéré. Lorsque le cercueil fut sorti de moitié de ce gouffre, j'attrapai une autre poignée sur son flanc et aidai Art. Nous finîmes par le sortir complètement de son trou et déposâmes le sarcophage d'Horace Pegasus sur le sol de la chapelle. Les ténèbres de la nuit régnaient en maître et avalaient avidement les jets lumineux de nos lampes torches pointant en direction du cercueil.

— C'est le moment de procéder à la phase finale du plan et de l'ouvrir, me dit Art déterminé à en finir.

— Et si nous commettions une grave erreur ? Qui nous dit que cette malédiction ne va pas s'abattre sur nous à présent ? lançai-je soudainement à Art, comme ayant perdu tout bon sens.

— Cher ami, reprit gravement Art, nous nous sommes introduits par effraction dans le tombeau d'Horace Pegasus. J'ai donc bien peur que si une malédiction devait s'abattre sur nous, il soit déjà trop tard. Nous n'avons plus le choix et nous n'avons plus rien à perdre. Finissons-en avec ce mystère.

— Vous avez raison, ouvrons le cercueil...

Le cercueil en bois était perforé par huit gros clous métalliques dont nous apercevions les extrémités. Art sortit de sa sacoche un pied de biche plus petit que celui que nous avions utilisé pour enfoncer la porte de la péniche de Monsieur Artipiac. Il commença à soulever un à un les pans de la planche en bois recouvrant l'éternelle demeure d'Horace Pegasus. Le coffre se soulevait peu à peu au gré de l'avancée du travail d'Art qui agissait avec un professionnalisme certain. J'éclairai soigneusement chaque partie du sarcophage afin de lui faciliter son ouvrage. Lorsqu'Art dégagea le dernier clou de son emplacement, il me lança un regard qui me signifiait la fin de son travail. Art se leva alors et vint se mettre au niveau de la tête du cercueil. Il me fit signe de me positionner au niveau des pieds. Tel un ballet macabre, nous saisîmes chacun notre extrémité de la planche qui faisait office de couvercle. Afin de réaliser cette opération sépulcrale, nous avions posé sur le bas-côté nos lampes électriques qui gisaient ainsi éteintes dans la pénombre. Nous commençâmes alors à soulever de concert le toit de la demeure éternelle d'Horace Pegasus. L'obscurité nous empêcha d'abord d'en apercevoir l'intérieur. Nous déposâmes la planche par terre. J'attrapai ma lampe torche. Je l'allumai et la pointai vers l'intérieur du cercueil. Lorsque nous comprîmes ce que nous venions de voir, nos corps furent pétris d'une terreur indescriptible.

Le corps de Monsieur Artipiac gisait pour l'éternité dans le tombeau d'Horace Pegasus.

Nous mîmes quelques instants à recouvrer nos esprits, frappés par cette effroyable découverte.

— Dites-moi que nous sommes dans un cauchemar et que nous allons bientôt nous réveiller, lançai-je à Art, encore tétanisé par la scène d'épouvante.

Art ne me répondit pas immédiatement, encore pétrifié.

— Art, repris-je, dites quelque chose je vous en supplie !

— Cela va bien au-delà de tout ce que nous aurions pu imaginer... me lança-t-il gravement.

Alors, muni de ma lampe torche qui me maintenait relié au monde réel, je commençai à balayer de cette lumière jaune le corps sans vie de Monsieur Artipiac. Il gisait désormais dans un sommeil éternel, comme en témoignait son visage pâle et inexpressif. Je vis qu'Art reprenait ses esprits.

— Depuis combien de temps pensez-vous que Monsieur Artipiac est mort ? lui demandai-je.

— Puisque Monsieur Froschauer l'avait rencontré il y a quelques semaines, avant votre visite, cela nous donne déjà un repère temporel, me répondit-il. Et à en croire la conservation encore relativement fraîche de son corps, je dirais qu'il gît ici depuis une semaine tout au plus. Mais ce n'est pas cela qui m'inquiète le plus...

— Qu'est-ce donc ? interrogeai-je Art, anxieux.

— Toute cette mise en scène macabre... Monsieur Artipiac retrouvé mort dans le tombeau d'Horace

Pegasus. Cela a été fait délibérément, en pensant que personne ne retrouverait jamais son corps. Quelqu'un d'autre était donc sur les traces de ce cher Artipiac. Et en plus de tout cela, nous allons repartir bredouille, sans le manuscrit original de Fudge, probablement dérobé par cette même personne...

— Il ne faut pas traîner ici Art, nous ne sommes peut-être plus en sécurité nous non plus, dis-je inquiet.

Alors que je balayais du faisceau lumineux de ma lampe une dernière fois la dépouille de Monsieur Artipiac, une gerbe dorée ricocha sur le haut de sa poitrine. Je passai à nouveau ma lampe et remarquai qu'il portait un médaillon en or autour du cou.

— Art, regardez ça ! On dirait que Monsieur Artipiac porte une médaille autour de son cou.

Art approcha sa tête de la dépouille et saisit le médaillon de ses longs doigts. Il retira délicatement le médaillon du cou du défunt et vint le placer au creux de sa main. Avec son autre main, il éclaira la relique dont les détails se dessinaient bien plus finement désormais. Le médaillon était de la taille d'une petite pièce, un peu plus grosse que l'ongle de mon pouce. La facture était vraisemblablement artisanale puisque le contour n'était pas uniformément rond. Sur la face de la médaille, nous pouvions apercevoir un quartier de lune et trois étoiles. Art retourna la pièce et le dos de la médaille était vierge.

— Emportons ce médaillon avec nous, dis-je à Art. C'est la seule chose que nous pourrons rapporter de cette tombe.

Je glissai alors le médaillon dans ma poche.

— Nous devons refermer le cercueil, le replacer dans son caveau, et effacer toutes traces de notre passage ici, me lança Art.

— Mais Monsieur Artipiac, nous ne pouvons pas le laisser ici ainsi, m'inquiétai-je.

— Cher ami, le mystère dans lequel nous nous sommes empêtrés est bien trop sombre pour que nous mêlions la police à tout ça. Monsieur Artipiac reposera ici dans le secret tant que nous n'aurons pas résolu cette affaire.

— Vous avez sans doute raison, cela vaut mieux pour nous, dis-je résigné.

Nous replaçâmes alors le couvercle du cercueil sur la dépouille de Monsieur Artipiac. Art enfonça les clous un à un avec le marteau. L'orifice du caveau avala à nouveau dans un flot de ténèbres le cadavre de Monsieur Artipiac. Enfin, après avoir diligemment replacé la pierre de marbre qui scellait le caveau et fermé la vieille porte rouillée de l'entrée de la chapelle d'Horace Pegasus, nous rebroussâmes chemin afin de quitter les lieux. L'échelle n'avait pas bougé d'un centimètre et se trouvait toujours sur le toit de la maisonnette qui jouxtait la rue des Rondeaux. Nous quittâmes définitivement les lieux à quatre heures du matin. Aucune âme vivante ne rôdait à cette heure-ci, pas même les corneilles noires, gardiennes des lieux, que nous avions aperçues la veille.

PARTIE II

Chapitre 19

Je me réveillai à midi. Je me précipitai vers mon pantalon. Je fouillai dans ma poche droite. Ma main toucha le médaillon trouvé sur la dépouille de Monsieur Artipiac pendant la nuit. Mon sang se glaça. Tout ceci n'avait malheureusement pas été un cauchemar. Je posai la médaille en or sur ma petite table et allumai ma vieille lampe orange métallique. Je dirigeai l'ampoule vers la piécette dorée qui se mit à étinceler. J'observais ce que j'avais déjà observé la veille avec Art : un quartier de lune et trois étoiles. Pourquoi Monsieur Artipiac portait-il cela autour de son cou ? Mon sang se glaça une nouvelle fois en pensant au corps sans vie de ce dernier dans le cercueil d'Horace Pegasus. Un sentiment de culpabilité m'envahit en pensant à Art et Victoria, que j'avais embrigadés dans cette histoire. Tout cela, à cause de moi. Nous devrions désormais nous montrer bien plus prudents.

Je retrouvai Victoria plus tard dans l'après-midi. Elle m'avait donné rendez-vous à l'entrée du jardin des Tuileries, près de la place de la Concorde. Le périple nocturne m'avait coupé l'appétit, et je n'avais toujours rien avalé. Quand elle m'aperçut et vit ma tête, probablement aussi livide que celle du cadavre de Monsieur Artipiac, elle comprit que quelque chose s'était passé. Le tendre baiser qu'elle me donna réchauffa à peine mon cœur.

— Marchons un peu dans le jardin, dit-elle avant que je n'eusse le temps de parler.

Il avait gelé pour la première fois de la saison et le bassin octogonal de l'entrée du jardin était recouvert d'une fine couche de glace, semblant une banquise, bien que n'importe quel moineau l'eût percée aisément. Malgré ce froid de canard, le soleil avait convaincu certains promeneurs de s'arrêter sur les chaises du bord du bassin pour capturer quelques rayons tièdes. La chaleur humaine se jouait de la froideur hivernale. Après avoir dépassé le bassin, nous continuâmes à marcher en silence sur le sable tassé de la grande allée centrale. Je contemplai les arbres dévêtus de leurs habits verdâtres. Nous marchâmes ensuite jusqu'au grand bassin rond et prîmes place sur deux chaises face à la petite fontaine qui projetait un mince jet d'eau. Je pensais à l'imposant jet d'eau de Genève crachant un immense geyser d'une centaine de mètres de hauteur.

— Monsieur Artipiac est mort... dis-je d'une voix éteinte.

Je lui racontai alors l'épopée nocturne menée avec Art. Je sentis qu'elle se retint de montrer l'effroi qu'elle ressentait pour ne pas me terroriser plus encore.

— Penses-tu que nous courons un danger ? demanda-t-elle enfin.

— Je ne peux rien affirmer avec certitude, mais je pense que nous devrons désormais nous montrer bien plus sur nos gardes. Je ne veux rien qu'il t'arrive, Victoria.

— Il ne m'arrivera rien, ne t'inquiète pas, répondit-elle d'une voix rassurante.

— Quand tu rentres chez toi, fais bien attention de ne pas être suivie. De même quand tu te rends à la bibliothèque, sois vigilante à tout comportement étrange, lui dis-je, toujours inquiet.

Peut-être étais-je en train de l'inquiéter pour rien, pensai-je, avec une pointe de regret.

— Je ferai très attention, je te le promets.

— Je ne veux pas te perdre.

Elle m'enlaça dans ses bras. Le soleil brillait sur le miroir d'eau et l'eau jaillissait joyeusement de la fontaine.

— Je n'ai reçu aucune réponse de Monsieur Froschauer pour le moment... Tout ce qui se passe actuellement est si étrange et inquiétant... laissai-je échapper.

— Le courrier envoyé en Suisse met toujours plus de temps à être acheminé et inversement, soyons patients. Monsieur Froschauer est une bonne personne, il te répondra, j'en suis certaine.

Elle marqua une courte pause.

— Tu n'as rien avalé depuis le déjeuner hier, allons prendre un chocolat chaud chez Ducatier ! lança-t-elle avec un regain d'énergie.

Nous abandonnâmes les chaises qui nous avaient chaleureusement accueillis. Nous sortîmes du jardin des Tuileries et gagnâmes rapidement le pont Royal, depuis lequel nous avions une vue splendide sur le Louvre d'un côté de la Seine et sur l'ancienne gare d'Orsay de l'autre. Ducatier était l'un des grands chocolatiers parisiens et aussi l'un des plus anciens, installé en plein milieu du quartier des antiquaires depuis 1761. La devanture de la chocolaterie était d'un bleu paon, profond et majestueux. L'inscription "Ducatier" avait été réalisée en petits carreaux de mosaïque dorée sur le fronton de l'établissement. La grande vitrine scintillait de tous ses chocolats, dont certains étaient de véritables œuvres d'art, à l'image de cette sculpture en chocolat d'une danseuse sur le modèle d'une ballerine de Degas. Sa robe comestible était parée de feuilles d'or. Lorsque nous pénétrâmes dans l'établissement, une petite bonne femme, un peu enveloppée et joyeuse, qui me rappela ma grand-mère, nous accueillit. Elle nous installa à une petite table en faïence et nous offrit deux petits chocolats pralinés avant de nous apporter les chocolats chauds fumants que nous avions commandés.

— Ils réchaufferont vos corps et vos cœurs, glissa-t-elle de sa voix réconfortante en les déposant sur notre table.

Je passai le reste de l'après-midi avec Victoria à flâner dans le quartier des antiquaires. J'avais toujours adoré les antiquités, qui avaient selon moi le pouvoir de faire instantanément voyager dans le temps. Cet après-midi-là, mon regard resta longtemps figé devant une échoppe spécialisée dans la cartographie et l'astronomie de la Renaissance au XIXe siècle. Ces globes terrestres en bois et carton des temps anciens, dessinés à la main, offraient une autre vision du monde et de la géographie. Ces instruments de navigation, qui avaient conduit Vasco de Gama ou Christophe Colomb à la découverte du monde, faisaient pétiller mes yeux et mon imagination. Victoria m'observait toujours avec beaucoup de curiosité quand j'étais aspiré dans ces tourbillons de rêveries, et cela la faisait rire, nous faisait rire.

Je rentrai chez moi, encore fatigué, en fin d'après-midi. Nous nous séparâmes avec Victoria au petit square en face de chez moi.

— Repose-toi, dit-elle de sa voix douce, avant de déposer un baiser sur ma peau.

— Fais attention à toi, je t'aime.

Puis je la vis disparaître dans l'obscurité de la nuit qui tombait.

Malgré la fatigue qui me tenaillait ce soir-là, j'eus beaucoup de mal à m'endormir. Je fixai le médaillon de Monsieur Artipiac qui reposait sur ma table. Comme si une force mystérieuse s'en dégageait, mon regard ne pouvait en dévier, comme aimanté. Je décidai de le ranger dans une boîte hermétiquement fermée que je plaçai dans un tiroir, loin de ma vue. La fatigue finit par alourdir mes yeux, et comme à moitié éveillé, je fus instantanément replongé au sein de la chapelle funéraire d'Horace Pegasus. J'entendais des pas autour de moi. J'entendais une voix. L'angoisse montait en moi comme le rythme accéléré d'un cheval galopant. Puis un craquement sourd. Je vis alors sortir de la pierre tombale le cadavre de Monsieur Artipiac, qui se jeta vers moi et me lança :

— Fuyez vite, pauvre fou !

Je me réveillai aussitôt, trempé de sueur. J'allumai ma lampe de chevet et me rendis compte que ce n'était qu'un cauchemar. Encore un. Pour la première fois depuis bien longtemps, j'attrapai *Le Comte de Monte-Cristo* qui dormait sur ma table de nuit et le sortis de son sommeil profond. Je restai là, assis dans mon lit à lire pendant plusieurs heures, jusqu'à ce que la fatigue vînt enfin me cueillir pour de bon.

Chapitre 20

Derrière l'unique rideau de ma chambre, des colonnes de pluie s'abattaient sur les toits en zinc des immeubles environnants dans un brouhaha fracassant. En me penchant par la fenêtre, je remarquai que des torrents d'eau s'étaient formés dans la rue. Les bouches d'égout semblaient se noyer dans ces tourbillons aquatiques. La semaine commençait sous ses meilleurs auspices. Je décidai alors d'attendre un peu avant de me rendre à l'entrepôt, et de rendre visite à Madame Sylvia en espérant faire passer le temps plus vite. Quand j'arrivai dans le hall, je la vis dans sa loge en train de trier quelques papiers.

— Bonjour mon petit ! me lança-t-elle.

— Bonjour Madame Sylvia, quel temps terrible !

— Oh, ne m'en parlez pas. Si ça continue, nous aurons bientôt besoin de l'arche de Noé pour fuir ce déluge ! dit-elle sans détour.

Madame Sylvia me fit rire.

— Le facteur vient de me déposer le courrier pour l'immeuble. Ce ne sont pas des lettres, ce sont des éponges ma foi...

Je la vis soulever les lettres une à une pour essayer de les répartir selon leurs destinataires. Les premières lettres de la pile étaient trempées. Le courrier du bas de la pile semblait avoir été mieux épargné du déluge aquatique.

— Ah, vous avez du courrier mon petit ! dit-elle soudainement.

Elle me tendit la lettre.

— Merci, Madame Sylvia ! répondis-je en lui lançant un regard plein de curiosité.

Je remontai alors dans ma chambre puisque je n'avais rien d'autre à faire en attendant que la pluie cesse de tomber. En remontant les escaliers, je remarquai que ce courrier était dans une enveloppe en papier cartonné assez épais, d'excellente facture. Malheureusement, la pluie avait fait baver l'encre noire qui renseignait l'identité de l'expéditeur sur le pli de l'enveloppe. Dès que j'arrivai dans ma chambre, je pris un couteau dans ma cuisine pour ouvrir l'enveloppe. C'était un courrier d'Hermann Froschauer. Je m'empressai de la lire.

Cher ami,

Je vous remercie pour vos deux lettres très aimables que j'ai bien reçues. Les recherches de Louxor avancent, mais nous rencontrons quelques difficultés avec les autorités égyptiennes. Je suis convaincu que tout cela sera réglé bientôt.

Ici, au bord du lac Léman, à des kilomètres de ces déserts arides, les montagnes alentour commencent en effet à se couvrir de neige. Le spectacle est magnifique depuis la villa. Je ne m'en lasse pas.

Je lis avec effroi et inquiétude l'idée qui traversa l'esprit de votre compagnon Arthur concernant l'emplacement du manuscrit original d'Albertus Fudge. L'idée qu'il puisse se trouver dans le tombeau même d'Horace Pegasus m'épouvante, même si, compte tenu de tout ce mystère qui entoure cette histoire, je ne suis hélas plus surpris de rien. J'espère que vous aurez pris toutes les dispositions nécessaires pour agir en sécurité. Faites très attention et tenez-moi au courant.

J'en viens maintenant au sujet principal de cette lettre. J'ai poursuivi la piste de l'anagramme suggérée par votre ingénieuse amie bibliothécaire. Après de longues recherches bibliographiques, elle m'a mené sur une piste troublante. Je ne peux malheureusement rien mentionner ici dans cette lettre, de peur qu'elle ne tombe entre de mauvaises mains avant de vous parvenir. Je dois vous faire part de ces découvertes au plus vite. C'est pourquoi je vous joins dans l'enveloppe un billet de train pour Genève. Nous nous retrouverons mardi prochain. Bertrand vous attendra à la gare et vous conduira à moi.

Soyez très prudent avec vos amis et brûlez cette lettre dès que vous l'aurez lue.

Amicalement,

Hermann

Quand j'eus fini de lire la lettre d'Hermann Froschauer, je remarquai en effet le billet de train pour Genève glissé dans l'enveloppe. Je brûlai aussitôt le courrier avec une allumette, comme demandé. J'étais partagé entre un sentiment d'angoisse persistant et une pointe d'excitation de savoir que Monsieur Froschauer détenait peut-être une nouvelle piste sur l'identité mystérieuse de Monsieur Artipiac.

La pluie avait diminué sa cadence frénétique. Je devais profiter de cette accalmie pour me rendre à l'entrepôt. Je descendis les marches quatre à quatre et, lorsque je passai devant la loge de Madame Sylvia comme un éclair, elle eut à peine le temps de me saluer. J'arrivai à l'entrepôt en fin de matinée. Art était dans son atelier, en train de peindre une toile. En m'approchant, je m'aperçus qu'il avait repris le portrait de Kelly.

— Bonjour Art ! lançai-je.

— Ah, Bobby, je vous attendais. J'ai cru un instant que toute cette pluie vous avait englouti.

— J'ai reçu une lettre d'Hermann Froschauer, dis-je sans attendre.

— Je vais préparer du thé à la menthe, attendez-moi dans la verrière, répondit-il.

Les gouttes de pluie continuaient de venir frapper les parois vitrées de notre petit salon de thé. Art revint avec un plateau sur lequel j'aperçus les tasses brûlantes. J'expliquai alors à Art la découverte dont Monsieur Froschauer n'avait pas voulu parler dans sa lettre au sujet de l'anagramme de Monsieur Artipiac, et que je me rendrais à Genève dès le lendemain.

— C'est fantastique ! lança Art.

— Et inquiétant… Il faudra que je raconte à Monsieur Froschauer notre macabre entreprise d'excavation du tombeau d'Horace Pegasus et notre terrible découverte.

Monsieur Froschauer ne s'attendra certainement pas à cela... dis-je en déglutissant.

— N'oubliez pas d'emmener le médaillon de Monsieur Artipiac et de le montrer à ce cher Hermann. Nous formons désormais une équipe. Nous devons nous tenir informés de chaque nouvelle découverte que nous faisons, me rappela Art.

Art avait raison. Je pensai au médaillon en or trouvé sur la dépouille de Monsieur Artipiac, que j'avais caché dans un tiroir de mon logis. Le terrible cauchemar de la nuit dernière me revint en tête et me fit tressaillir.

— Croyez-vous aux malédictions, Art ?

— Voyons, Bobby, la sorcellerie n'est que dans les contes ! répondit-il avec aplomb.

Nous finîmes notre discussion lorsque le thé vint à manquer dans nos tasses. Art repartit à son travail et me souhaita bonne chance pour ma nouvelle pérégrination en Suisse.

La pluie n'avait cessé de tomber toute la journée. Le ciel était d'un gris étouffant et l'atmosphère pesante. Quand je rentrai dans l'immeuble, je montai directement dans ma chambre. Je tirai le tiroir, en sortis la boîte et arrachai de son écrin de fortune le médaillon en or. Je l'accrochai autour de mon cou dans un élan de folie, comme aliéné par une force que je ne maîtrisais pas.

— Qui êtes-vous, Monsieur Artipiac ? m'exclamai-je, tel un forcené.

Chapitre 21

Le train filait à toute vitesse vers Genève. Monsieur Froschauer m'avait réservé un siège en première classe. C'était bien la première fois que je voyageais dans un tel luxe. Cette fois, j'avais emporté une petite valise, au cas où je devrais séjourner plus longtemps que prévu en Suisse. Je ne voulais pas me faire avoir une seconde fois. Le train arriva à la gare centrale de Genève en milieu d'après-midi. Bertrand m'attendait au bout du quai, portant le même uniforme impeccable que la dernière fois. Il m'accueillit avec un large sourire.

— Nous sommes heureux de vous revoir, Monsieur, bienvenue à Genève, lança-t-il sincèrement content de me revoir.

Je le remerciai et le suivis sans plus attendre. Après avoir traversé la grande gare, nous nous dirigeâmes vers la place sur laquelle la gare déversait son flot de voyageurs quotidiens. J'aperçus sans difficulté la Rolls-Royce noire, élégante et raffinée, de Monsieur Froschauer. Bertrand m'y fit entrer et nous nous mîmes en route.

— Monsieur vous attend à l'hôtel Beau-Rivage, nous y serons dans peu de temps, dit Bertrand.

— Très bien, répondis-je sans avoir l'ombre d'une idée du lieu où je me rendais.

Le trajet depuis la gare fut en effet très court, une dizaine de minutes tout au plus. Bertrand déposa la voiture devant l'entrée de l'établissement et un portier accourut aussitôt pour me faire descendre du véhicule.

— À tout à l'heure, Monsieur, dit Bertrand.

Lorsque je fus descendu de la voiture, un groom prit le relais du portier afin de me conduire à l'intérieur de cet établissement luxueux. Le hall du palace était majestueux. Un immense sapin, qui devait faire plusieurs mètres de haut, trônait au centre de la pièce. Sa cime pointait vers les cieux de la verrière qui perçait le toit de l'établissement, laissant apparaître plusieurs galeries d'étages les uns au-dessus des autres.

— Si vous voulez bien me suivre, rappela délicatement à l'ordre le groom alors que je me perdais dans le décor de ce lieu grandiose.

Je suivis ce petit bonhomme au costume irréprochable jusqu'au premier étage. Nous arrivâmes enfin dans un petit salon privé où je vis Monsieur Froschauer, assis dans un fauteuil confortable, face à la vue sur le lac et sur le Mont-Blanc.

— Cher ami, avez-vous fait bon voyage ? lança-t-il en se levant dès qu'il me vit.

— Bonjour Hermann, excellent, merci d'avoir tout organisé. Comment allez-vous ?

— Je me porte bien mais je suis inquiet au regard du tournant que prend cette affaire, dit-il, soucieux. Je vous ai fait venir ici et non à la villa car j'avais des rendez-vous à Genève un peu plus tôt aujourd'hui. C'est une adresse où j'ai mes habitudes. Faites comme chez vous.

J'entendis alors un roulis harmonieux se diriger vers nous. Je tournai la tête d'un quart de tour et vis un coquet chariot chargé de pâtisseries se diriger vers nous. Nous choisîmes un petit plateau de gourmandises, que l'on posa sur la petite table devant nous.

— Hermann, commençai-je sans plus attendre, Monsieur Artipiac est mort.

Je lui racontai notre terrible découverte dans le cimetière du Père-Lachaise et lui précisai que le manuscrit original d'Albertus Fudge ne s'y trouvait pas, mais que nous avions toutes nos raisons de croire qu'avant la mort de Monsieur Artipiac, le manuscrit reposait avec la dépouille d'Horace Pegasus. Hermann Froschauer avait arboré une tête d'enterrement.

— Quelqu'un était sur la même piste que Monsieur Artipiac, cela ne fait plus aucun doute. Mais pourquoi l'avoir assassiné ? demandai-je naïvement.

— Le cœur de ce manuscrit doit être encore plus sombre que nous le pensons, répondit gravement Hermann. Nous devons percer ce terrible mystère avant qu'il ne fasse d'autres victimes...

Hermann but une gorgée de café.

— Et nous devons découvrir la vérité sur ce Monsieur Artipiac, reprit-il. Ce que j'ai à vous dire maintenant risque de nous faire pénétrer un peu plus profondément dans cette forêt de mystères...

Je bus à mon tour une gorgée.

— Votre amie bibliothécaire a eu une idée très ingénieuse en pensant au mécanisme de l'anagramme. J'ai passé deux jours entiers à noter toutes les combinaisons de lettres possibles avec le nom Artipiac. Puis, avec l'importante banque de données bibliographiques dont je dispose, je me suis lancé dans un travail de fourmi à la recherche d'une combinaison de lettres vraisemblable. Après des heures et des heures de travail, j'y ai même passé une nuit entière, cette entreprise semblait avoir porté ses fruits. En effet,

Artipiac est une anagramme de Paricati. L'histoire qui va suivre n'est pas sans conséquence, dit-il avant de faire une petite pause. Voulez-vous un peu plus de café ?

— Non, merci, répondis-je, impatient d'entendre la suite.

— Au dix-neuvième siècle, le Duc de Paricati régnait sur une vaste région à cheval entre la Suisse et l'Italie, une région parsemée de lacs et de montagnes. Il était l'une des personnes les plus puissantes et les plus riches de son temps dans cette région, grâce au puissant empire commercial qu'il avait bâti. Les hommes le respectaient et plus encore, le craignaient. Il eut trois enfants. Son fils aîné s'appelait Antonio. Son second fils était Giuseppe. Enfin, il eut une fille, Elena. Peu avant la mort du Duc, la famille se déchira. Je n'ai pas trouvé de preuves historiques sur ce qu'il s'est passé à ce moment-là. Je l'ignore pour l'instant. Le fils aîné du Duc, Antonio, mourut assez jeune, avant d'avoir eu le temps de fonder une famille. Giuseppe, le second fils du Duc, reprit alors l'empire commercial créé par son père. Quant à Elena, je n'ai plus trouvé aucune mention d'elle après que la famille se déchira, comme si l'Histoire l'avait tout simplement effacée.

J'écoutais l'histoire de Monsieur Froschauer les yeux grands écarquillés.

— Vous pensez donc que Monsieur Artipiac, ou devrions-nous plutôt l'appeler Monsieur Paricati, serait un descendant du second fils du Duc de Paricati, Giuseppe ?

— Puisque le frère aîné Antonio est mort avant d'avoir eu des enfants, Giuseppe semble en effet être la seule personne de sa famille à pouvoir transmettre son nom de famille.

— Pensez-vous que cette déduction tienne la route ? demandai-je à Hermann.

— Les déductions sont encore emmêlées dans les filets de nos esprits et de nos ignorances, répondit-il avec sagesse. Toutefois, il semble y avoir autre chose mais je ne suis sûr de rien, dit-il en plissant les traits de son visage. Le conte des trois cheminées d'Albertus Fudge raconte l'histoire de deux frères et d'une sœur régnant sur une région formée de lacs et de montagnes. Ne trouvez-vous pas tout cela troublant de ressemblance avec l'histoire de la famille Paricati ?

Un frisson me parcourut l'échine.

— Quels liens pourrait-il y avoir entre la famille Paricati et ce conte d'Albertus Fudge ? l'interrogeai-je, inquiet.

— Je l'ignore. J'ai passé des heures à pousser mes recherches dans ce sens mais je me retrouve coincé dans des voies sans issue, quels que soient les chemins empruntés par ma pensée.

Puis Hermann fit une pause, comme fatigué du récit qu'il venait de conter. Nous bûmes quelques gorgées chaudes en regardant le haut geyser du lac pointer vers le ciel, comme s'il cherchait à rivaliser avec les montagnes environnantes. En glissant la main dans la poche gauche de mon pantalon, je sentis soudainement la chaîne du médaillon en or trouvé sur le corps de Monsieur Artipiac. Le récit de Monsieur Froschauer m'avait tant captivé que j'en avais complètement oublié son existence. Je le sortis alors de ma poche et le posai sur la petite table face à nous. Je vis que son regard fut aussitôt attiré par cette relique étincelante.

— Lors de notre nuit au cimetière, nous avons trouvé ce médaillon sur la dépouille de Monsieur Artipiac. Il le portait autour du cou. Il ne présente rien de particulier. On distingue sur sa face un quartier de lune et trois étoiles. Le dos de la médaille est vierge, dis-je à Monsieur Froschauer.

Hermann prit le médaillon entre ses mains. Il l'observa sous toutes ses facettes. On voyait là qu'il avait l'habitude de ce genre de trouvailles lors de ses fouilles archéologiques à travers le monde en quête de trésors. Il regardait le médaillon avec la même curiosité que s'il venait de découvrir le parchemin révélant le secret du pharaon Ramsès VIII.

— Nous porterons ce médaillon demain matin chez mon ami Pietr Pochard. Il est le plus renommé et le plus expert des joailliers de Genève. Il saura nous en dire plus sur ce médaillon. Vous resterez bien dîner et dormir à la villa ce soir ? me demanda-t-il.

— Je ne voudrais pas abuser de votre hospitalité, Hermann, fis-je quelque peu embarrassé, mais non mécontent d'avoir emporté une petite valise.

— C'est une excellente nouvelle alors. Bertrand préparera votre chambre, dit-il gaiement.

Je remerciai Hermann. Il se leva alors et je le suivis vers la sortie du petit salon. Tout le personnel de l'hôtel était aux petits soins avec Monsieur Froschauer. Lorsque nous arrivâmes sur le parvis de l'hôtel, Bertrand nous attendait. Le ronronnement soyeux de la Rolls-Royce se fit alors entendre. Un portier vint nous ouvrir la porte.

— À la villa, Bertrand, s'il vous plaît, lança Monsieur Froschauer à son majordome.

Nous arrivâmes à la villa de Monsieur Froschauer en début de soirée. La nuit était tombée sur les montagnes et sur le lac. Je fus conduit par Bertrand jusqu'à ma chambre, la même que celle que j'avais occupée lors de mon premier séjour. La vue était toujours aussi resplendissante depuis ma terrasse privative.

— Le souper sera servi dans quarante-cinq minutes, prévint Bertrand.

Je passai un excellent dîner avec Monsieur Froschauer. Il me raconta ses avancées en Égypte, qui, bien qu'elles rencontrassent quelques ralentissements administratifs, étaient en très bonne voie pour aboutir. Le repas était succulent. Monsieur Froschauer, qui disposait d'un accès direct au lac Léman, faisait venir chaque jour un pêcheur qui lui apportait ses plus fraîches trouvailles. Ce soir-là, ce fut de l'omble chevalier délicieusement préparé.

Le lendemain matin, nous partîmes vers Genève à neuf heures. Nous arrivâmes face à la devanture de l'échoppe de Monsieur Pochard trente minutes plus tard. Elle était située en plein centre-ville, à l'abri des larges artères, dans une petite ruelle discrète et en retrait des regards.

— Nous y voilà, me glissa Monsieur Froschauer.

C'était une toute petite échoppe, qui ne portait même pas d'inscription. Je me demandais bien comment, dans un lieu si ordinaire et à l'écart de la foule, pouvait se trouver l'un des plus grands joailliers de la ville. Nous pénétrâmes dans la boutique. Je ne vis aucun bijou, aucune pierre, aucun métal précieux. Monsieur Froschauer vit mon regard interloqué et m'adressa un sourire rassurant. Lorsque nous arrivâmes au comptoir, une petite sonnette s'y trouvait. Hermann appuya en son centre. Un petit monsieur à peine plus haut que le comptoir, portant une blouse de travail blanche et arborant une loupe binoculaire au-dessus de son œil droit, franchit la porte qui se trouvait derrière le comptoir.

— Hermann !

— Pietr !

— Quel bon vent t'amène ici, mon ami ? dit le petit bonhomme.

— Ce n'est pas un vent léger mais une tempête de mystères qui me conduit chez toi, répondit Hermann.

Le joaillier déplaça son regard vers moi. Il m'ausculta des pieds à la tête.

— Bonjour, Monsieur, lançai-je timidement.

— Nous avons besoin de ton aide précieuse, reprit aussitôt Hermann s'adressant à Pietr.

— Dans ce cas, ne restons pas plantés là, suivez-moi dans mon atelier, dit-il décidé.

Nous passâmes derrière le comptoir et le suivîmes par la porte d'où il nous était apparu. Cette porte donnait sur un court couloir menant à une autre porte bien plus imposante. Celle-ci était épaisse, avec un blindage de plusieurs dizaines de centimètres. Je n'aurais su dire combien, mais j'étais certain que même certaines banques suisses ne disposaient pas de portes si épaisses. En entrant dans cette seconde pièce, je compris la renommée de Pietr Pochard. Après que nous fûmes entrés, il referma la porte derrière nous, si bien que nous nous trouvions ainsi dans son royaume étanche. Sur une grande table en bois, des pierres de toutes les couleurs et de toutes les tailles brillaient de mille feux. Des émeraudes d'un vert profond et intense vous transportaient au cœur des forêts vierges colombiennes. Des saphirs au bleu pur vous entraînaient inlassablement sur les flots azur de Ceylan. Des rubis écarlates vous conduisaient tout droit au cœur de la jungle birmane. Certaines pierres étaient aussi grosses que l'ongle de mon pouce. Mon regard fut attrapé par cette opale incandescente de la taille de ma main tout entière. Monsieur Pochard ne manqua pas de remarquer mon regard hypnotisé par ces faisceaux de couleurs vives.

— Je l'ai découverte moi-même en Australie, lança-t-il fièrement en pointant son doigt vers l'opale.

Pietr Pochard, derrière sa discrète façade sans luxe apparent, était le joaillier des plus grands de ce monde. Il avait toujours travaillé seul dans son atelier genevois. Ses doigts étaient dotés d'un talent sans pareil, si bien qu'il était l'un des seuls au monde à pouvoir réaliser certains sertissages très minutieux. En plus de sertir les gemmes sur les montures délicates qu'il imaginait et créait, il taillait les pierres lui-même, leur donnant le meilleur de leur éclat. Pietr s'était lié d'amitié avec Hermann il y a plus de trente ans lorsque ce dernier était revenu de Perse avec un coffret, en os et ébène, rempli de joyaux du sixième siècle. Pietr avait permis d'identifier et de dater précisément les découvertes réalisées par Hermann et depuis ce jour, les deux amis s'enrichissaient de leurs connaissances mutuelles.

— Nous sommes venus te montrer un médaillon en or datant probablement du dix-neuvième siècle, expliqua Hermann à Pietr en lui tendant le médaillon.

Monsieur Pochard saisit soigneusement la médaille en or avec sa main. Il commença par l'observer à l'œil nu.

— Hum, c'est visiblement un travail artisanal. Je pense que ce médaillon date bien en effet du dix-neuvième siècle, la ciselure non uniforme du bord semble le confirmer.

Pietr Pochard glissa alors sa loupe binoculaire au niveau de son œil droit et commença à ausculter la pièce à la lumière vive d'une lampe. Il saisit un petit flacon transparent duquel il sortit une pipette. Il fit tomber une petite goutte sur le bord du médaillon.

— L'acide me confirme que nous sommes ici face à de l'or vingt-quatre carats, dit-il avec une pointe d'étonnement. Il est extrêmement rare de voir des bijoux réalisés avec de l'or aussi pur. Ce pendentif a dû être réalisé pour quelqu'un d'important.

Cela semblait confirmer le lien avec la riche famille Paricati, pensai-je. Puis Monsieur Pochard retourna le médaillon pour commencer à en examiner son dos. Il ajusta la lentille de la loupe afin d'améliorer la netteté de sa vision. Il inclina légèrement la médaille de quelques degrés, puis avec sa lampe fit jouer les reflets de la lumière sur toutes les faces de la pièce.

— Je vois une inscription, dit-il alors, concentré.

— Arrives-tu à la déchiffrer, Pietr ? demanda alors Hermann.

— L'inscription a été polie par le temps. C'est l'inconvénient de l'or vingt-quatre carats qui reste assez mou. Peux-tu m'attraper une feuille de papier et un crayon sur mon bureau, s'il te plaît, Hermann ?

Hermann s'exécuta et apporta au bijoutier le matériel dont il avait besoin. Pietr Pochard commença alors à noter sur cette feuille une à une les lettres qu'il arrivait à déchiffrer. Nous le regardions avec Hermann, comme s'il était en train de déchiffrer la table de Rosette. Nous ne pouvions malheureusement pas voir ce qu'il notait sur cette feuille du fait de la distance qui nous séparait de lui. Soudainement, Monsieur Pochard se recula de la table et remonta sa lunette binoculaire sur son front.

— J'y suis parvenu ! s'exclama le joaillier.

Il vint vers nous, portant le médaillon d'une main et la feuille de l'autre. Il nous tendit alors le feuillet et j'y vis inscrit “Albertus Fudge & Elena Paricati”. Je fus brusquement pris d'un mutisme foudroyant. Je vis le regard d'Hermann se vider dès lors qu'il lut l'inscription sur la feuille. Monsieur Pochard resta également interloqué un moment de nous voir réagir ainsi.

— Quelque chose ne va pas, messieurs ? intervint-il alors.

— Non... Non non, bafouilla Hermann.

— Nous vous remercions, Monsieur Pochard, repris-je. Nous avons été ravis de vous rendre visite aujourd'hui. Votre atelier est un joyau en lui-même. Nous n'allons pas vous déranger plus longtemps.

— Merci, mon cher Pietr, reprit Hermann à son tour, en saisissant le médaillon et la feuille.

— Tout le plaisir est pour moi, lança le joaillier. Je suis toujours ravi de découvrir les trésors que tu m'apportes, Hermann. Ils m'inspirent souvent pour la création de mes pièces d'exception.

Monsieur Pochard nous raccompagna alors jusqu'à la sortie de sa boutique, à la porte du monde ordinaire. Nous le saluâmes une dernière fois puis marchâmes vers l'extrémité de la ruelle où Bertrand nous attendait, garé sur le bas-côté. Toujours sonnés par cette découverte, nous ne pûmes ouvrir la bouche durant le trajet. Cela vint à inquiéter Bertrand.

— Tout va bien, messieurs ? lança-t-il.

— Profiter du paysage de la route dans le silence, n'est-ce pas cela le luxe, Bertrand ? répondit Hermann, pour couper court à toute nouvelle question.

Nous arrivâmes à la villa de Monsieur Froschauer quelques minutes plus tard. Je suivis alors Hermann jusque dans un petit salon où il prit place dans un fauteuil confortable.

— Albertus Fudge et Elena Paricati, dit-il à haute voix. Le médaillon comporte en son dos une inscription liant l'écrivain maudit Albertus Fudge et la fille du duc de Paricati, Elena. Que cela peut-il bien signifier ? me demanda-t-il perdu dans ses pensées.

— Que tous les fils de ce mystère semblent étroitement emmêlés les uns aux autres, répondis-je avec un certain pragmatisme.

— Il faut remonter le fil de l'histoire d'Albertus Fudge. Nous n'en savons pas assez sur lui. Nous devons comprendre ce lien avec Elena Paricati, lança Hermann, pensif. Tout ce mystère n'a fait que creuser mon appétit. N'avez-vous pas faim, cher ami ?

Quand je repensai aux délicieux mets préparés la veille, mon ventre se mit à gargouiller. Le déjeuner fut servi dans la grande salle à manger surplombant le lac entouré de ses montagnes. Le repas fut encore une fois succulent. En guise de promenade digestive, Hermann m'emmena déambuler dans les allées de sa bibliothèque privée. Il me conta, çà et là, l'histoire de quelques manuscrits anciens à l'histoire prodigieuse.

— Cher Hermann, je vous remercie encore une fois pour votre hospitalité. Je crois qu'il est temps pour moi de rentrer à Paris.

— À votre guise, cher ami.

Nous nous dirigeâmes vers le vestibule d'entrée où rien n'avait bougé depuis la première fois. Bertrand m'y attendait, réglé comme du papier à musique.

— Tenez-moi au courant de vos avancées. Je ferai de même de mon côté, dit Hermann.

— Bien sûr, répondis-je. Au revoir, Hermann, merci beaucoup et à bientôt !

— Bon voyage, cher ami !

Le rugissement du moteur de la Rolls Royce se fit alors entendre dans un fracas magistral et je quittai Monsieur Froschauer avec la bonne compagnie de Bertrand.

Chapitre 22

Le lendemain matin, je me rendis à l'entrepôt. Je n'y vis ni Art ni Kelly. J'allai alors m'installer dans la verrière sur le canapé. Art avait laissé paresser sur la petite table basse sa boîte de pastilles Vichy. Je l'ouvris et en pris une que je commençai à sucer. Je réfléchis à toute cette histoire et aux nouveaux éléments découverts avec Monsieur Froschauer. Soudain, j'entendis un raffut assourdissant. Je me retournai et vis Art, chargé comme une bourrique de chevalets, toiles et d'une multitude de matériels nécessaires pour la réalisation de ses œuvres d'art. Tubes de peinture, pinceaux, pastels, palettes s'étaient retrouvés projetés sur le sol lorsqu'il s'était pris les pieds dans un faux plat du sol de l'entrepôt. La moitié de son chargement gisait par terre, vaincue par la pesanteur terrestre. Je vins à sa rencontre pour l'aider à ramasser ses affaires.

— Ah, merci Bobby ! Je refais mes provisions. Une grande saison artistique se prépare. Depuis la mort de la duchesse de Goldbridge, j'ai reçu au moins cinq commandes de plusieurs de ses courtisanes. God save Miss Goldbridge ! s'exclama-t-il. Tenez, aidez-moi en prenant ces chevalets, je m'emmêle les pattes avec.

Après avoir remis les choses en ordre, nous gagnâmes la verrière. Art fit bouillir un peu d'eau pour notre traditionnel thé à la menthe.

— Je me suis permis de vous prendre une pastille, Art.

— Vous avez bien fait Bobby, ça rend un peu plus bête. Comment s'est passé votre voyage en Suisse ?

— Riche en découvertes ! lui lançai-je aussitôt.

Je commençai alors à lui raconter tout ce que j'avais appris au cours de ma pérégrination.

— Vous pensez que ce cher monsieur Artipiac, ou Paricati désormais, est un descendant de Giuseppe Paricati, le second fils du Duc ? me demanda Art, interloqué.

— Eh bien, c'est ce que je pensais jusqu'à la découverte faite sur le médaillon... Pourquoi Monsieur Artipiac portait-il sur lui une médaille gravée des noms “Albertus Fudge & Elena Paricati” ? Je ne comprends pas où tout cela nous mène, dis-je, déconcerté.

— Hum... en voilà un beau sac de nœuds effectivement ! laissa s'échapper Art. Et que comptez-vous faire maintenant ?

— Que feriez-vous, vous ? lui rétorquais-je.

— Rien.

— Rien ? lui répondis-je, étonné.

— Oui, rien, me répondit Art avec aplomb. Vous me demandez ce que je ferais maintenant, tout de suite, eh bien, rien. Peut-être que la réponse viendra toquer plus tard dans l'après-midi.

— Je ne vous savais pas aussi philosophe, Art, lui répondis-je amusé.

— Je vous avais bien prévenu que ces petites pastilles blanches n'étaient pas sans conséquence pour votre machine cérébrale. Allez, il faut que je retourne à mes affaires maintenant. Et cessez de vous tracasser, me lança-t-il avant de se lever.

J'avais donné rendez-vous à Victoria chez Prudol pour le déjeuner. Cette fois-ci, j'arrivai le premier dans le restaurant. Je m'assis à une table au fond de la salle, sous le grand miroir tout en longueur. Je vis Victoria franchir l'épais rideau de velours quelques instants plus tard. Dès qu'elle vint s'asseoir à ma table, je lui tendis un petit paquet emballé soigneusement. Un grand sourire se dessina sur son beau visage balayé par ses cheveux blonds. Elle déchira très délicatement l'emballage et découvrit une boîte de chocolats.

Sur la route menant à la gare, j'avais demandé à Bertrand si nous pouvions nous arrêter chez le meilleur chocolatier de Genève. Il m'avait alors conduit chez le Chocolatier Du Rhône, où j'avais acheté une petite boîte de chocolats pour Victoria.

— Tu es adorable, me dit-elle en se levant légèrement de sa chaise pour venir déposer un baiser sur mes lèvres.

— Je me suis douté que cela te ferait plaisir, lui répondis-je en esquissant un sourire.

Nous commandâmes nos plats et, écartant volontairement les sujets lourds pour commencer, je lui racontai que j'avais repris la lecture du *Comte de Monte-Cristo*. Elle fut ravie de cette nouvelle et nous poursuivîmes le déjeuner dans une atmosphère frivole et joyeuse.

— Deux profiteroles pour le dessert, c'est noté, répéta le serveur.

Les profiteroles arrivèrent dans nos assiettes tel le mamamouchi débarquant sur scène.

— Nous n'avons pas encore discuté de ton périple en Suisse chez Monsieur Froschauer… me dit alors Victoria.

J'avais en effet gardé ce sujet en guise de digestif.

— Il fallait pour cela avoir l'estomac bien rempli, lui répondis-je.

Je commençai alors à lui raconter, comme je l'avais fait avec Art le matin même, tout ce que j'avais appris en compagnie de mon hôte suisse.

— Tu as vraiment eu une idée de génie en pensant à l'anagramme de Rabelais. Sans cela, nous serions peut-être encore bloqués loin en arrière, lui dis-je reconnaissant. Les nœuds de ce mystère semblent se desserrer jour après jour. Nous sommes désormais coincés avec la piste du médaillon de Monsieur Artipiac et de son inscription “Albertus Fudge & Elena Paricati”. Comment démêler ce nœud ?

— Tu as raison, il faut comprendre ce que cela signifie et remonter le fil de cette piste ! Ce qui est certain, c’est que nous avons encore de nombreuses choses à apprendre sur Albertus Fudge. Lors de notre première visite à la Grande Bibliothèque des Lumières, Madame Newton nous avait relaté qu’Albertus Fudge avait été placé par ses parents dans un pensionnat religieux à Paris. Nous pouvons peut-être creuser cette piste ? me suggéra-t-elle.

— C'est-à-dire, rendre à nouveau visite à Madame Newton ? lui demandai-je.

— Pourquoi pas ? À moins que tu n’aies une autre idée ?

— La réponse toquera peut-être à la porte cet après-midi, marmonnai-je en repensant à ce qu’Art m’avait dit le matin même.

— Pardon ? laissa échapper Victoria.

— Non, non, rien, c’est une excellente idée ! Rendons-nous chez Madame Newton. Et après tout, je crois qu’elle nous aime bien.

— Je ne travaille pas demain après-midi, nous pourrons y aller à ce moment-là, me dit-elle.

Nous finîmes notre discussion puis quittâmes le restaurant. Victoria avait glissé précautionneusement la boîte de chocolats dans son sac. Je lui fis un baiser sur la joue puis la laissai repartir à ses occupations littéraires.

Je retournai quant à moi à l'entrepôt. Dès que je vis Art en pénétrant à l'intérieur, je l'interpellai.

— Vous aviez raison Art, la réponse est venue toquer à ma porte lors de mon déjeuner avec Victoria. Nous allons rendre visite demain à Madame Newton avec Victoria, à la Grande Bibliothèque des Lumières. Elle pourra peut-être nous éclairer sur la scolarité religieuse d'Albertus Fudge, c'est une piste intéressante.

— Vous voyez, tout vient à point à qui sait attendre, lança-t-il d'un ton magistral.

Nous éclatâmes alors de rire tous les deux.

Chapitre 23

Je rejoignis Victoria devant la façade verte de sa bibliothèque en début d'après-midi, à l'heure qu'elle m'avait indiquée.

— Jamais deux sans trois ! me lança-t-elle, tel un mousquetaire hardi.

C'était en effet la troisième fois que nous allions rendre visite à Madame Newton. Nous commencions à bien connaître les méandres de la Grande Bibliothèque des Lumières. L'imposante statue de Panckoucke à l'entrée nous devenait presque familière malgré sa sévérité constante. Lorsque nous fûmes arrivés devant la porte du bureau de Madame Newton, je frappai trois coups secs et énergiques afin d'être sûr que le bruit parvienne jusqu'à l'autre bout de la pièce où siégeait

Madame Newton. Quelques secondes plus tard, la porte s'ouvrit.

— Bonjour Madame Newton, lui lança Victoria.

— Encore vous ?

Elle nous fit entrer, arborant l'air malicieux que nous lui connaissions déjà. Lorsque nous fûmes installés tout au fond de la pièce autour de son bureau, elle nous fixa avec son regard rempli d'intelligence.

— Vous souvenez-vous d'Albertus Fudge dont nous étions venus vous parler ? lança Victoria à Madame Newton.

— Chère Victoria, ce n'est pas tous les quatre matins que l'on vient me parler de cet écrivain si peu connu, lui répondit-elle en esquissant un petit sourire.

— Vous nous aviez raconté qu'Albertus Fudge avait été envoyé par ses parents dans un pensionnat religieux à Paris à un jeune âge afin de poursuivre ses études. Savez-vous de quel établissement il s'agit ?

— Votre curiosité au sujet d'Albertus Fudge est décidément insolite et... inhabituelle. Mais il faut être curieux de tout, vous avez raison, c'est une bonne maladie ! Comme je vous l'avais dit, on ne sait malheureusement que très peu de choses concernant Albertus Fudge et sa courte vie. Je ne saurais hélas vous renseigner sur le pensionnat religieux où il fut envoyé.

— Peut-être que nous pouvons tout de même trouver cette information, ici, à la Grande Bibliothèque des Lumières ? intervins-je alors. Vous pouvez peut-être nous renseigner sur les pensionnats religieux qui existaient à cette époque dans la ville de Paris ?

— Cette information semble en effet davantage dans mes compétences, nous répondit-elle.

Victoria m'adressa un sourire approbateur. Je vis que Madame Newton avait levé ses yeux vers le plafond et j'imaginai donc qu'elle était plongée dans sa réflexion.

— Nous pouvons sans doute trouver ce genre d'informations dans la section Éducation du dix-neuvième siècle. Nous n'avons qu'à nous y rendre afin d'en avoir le cœur net, déclara-t-elle.

Nous suivîmes alors Madame Newton hors de son bureau et commençâmes à nous faufiler dans les méandres de ce temple de la littérature. Nous arrivâmes enfin dans l'immense salle ovale habillée de ses murs en boiseries couverts de milliers de manuscrits. Le soleil qui perçait par la grande verrière du plafond illuminait ce théâtre de livres. Madame Newton parcourut rapidement de ses grandes jambes les encablures de la pièce, si bien que nous nous retrouvâmes promptement au niveau des manuscrits de la section Éducation. Le pan de mur haut comme un petit immeuble était recouvert d'innombrables ouvrages. Madame Newton nous dirigea vers la sous-section dédiée au dix-neuvième siècle. Un livre retint son attention, *Éducation dispensée par les ordres religieux à Paris de la Révolution Française jusqu'à la fin du XIXème siècle*, Etienne De Peticourt, Éditions Féret. Elle attrapa l'ouvrage et vint le poser sur une table d'étude prévue à cet effet. Nos regards avec Victoria suivaient chacun de ses mouvements, de manière frénétique. Elle ouvrit le livre et de ses doigts, qui avaient visiblement l'habitude de ce genre d'opération, fit glisser avec aisance les premières pages jusqu'à la table des matières.

— Ah nous y voilà, dit-elle.

Nous étions désormais tous les trois penchés sur ce sommaire béant sous nos yeux. Le doigt de Madame Newton s'arrêta sur le chapitre "Liste des établissements". Il indiquait la page vingt-sept. Les pages se mirent alors à virevolter sous le ballet agile des doigts de notre guide. Nous savions qu'Albertus Fudge était né en 1870 et qu'il avait été envoyé dans un pensionnat religieux à l'adolescence. Notre recherche se concentra donc sur les établissements qui étaient en activité à cette époque-là. Nous découvrîmes qu'il existait trois établissements alors actifs dans Paris : le Collège de la Charité, le Collège Saint-Joseph et le Collège de Pré-Royal. Le Collège de la Charité avait été fermé sur procédure administrative en décembre 1852. Nous l'éliminâmes donc de notre liste de candidats car antérieur à l'époque d'Albertus Fudge. Nous apprîmes que le Collège Saint-Joseph avait été transformé en hôpital militaire pendant la Première Guerre Mondiale et nous ne trouvâmes guère d'informations sur ce qu'était devenu le Collège de Pré-Royal.

— Pensez-vous que ces deux établissements existent encore aujourd'hui ? demandai-je à Madame Newton en pointant du doigt les collèges Saint-Joseph et de Pré-Royal.

— Un grand nombre d'établissements réquisitionnés pendant les grandes guerres sont aujourd'hui devenus des établissements administratifs dans lesquels j'ai bien peur que vous ne trouviez aucune information. En revanche, puisque nous n'avons aucune information ici sur ce qu'est devenu le Collège de Pré-Royal, peut-être serait-il judicieux de creuser cette piste, nous dit-elle.

— C'est ce que nous allons faire ! répondit Victoria, déterminée.

— Eh bien, si je ne vous suis plus d'une quelconque aide, je vais vous laisser, lança Madame Newton. Une pile de dossiers à traiter grande comme une montagne m'attend…

— Merci beaucoup, Madame Newton, pour votre aide ! lançai-je.

— Avec plaisir et je sais que vous saurez me trouver si vous avez encore besoin de mon aide, lança-t-elle en arborant un sourire.

Nous saluâmes Madame Newton qui repartit à ses occupations premières. Nous finîmes de lire toutes les informations disponibles sur le Collège de Pré-Royal, établissement tenu par des frères jésuites. Nous notâmes l'adresse qui était indiquée dans l'ouvrage : 123 boulevard de Pré-Royal à Paris.

Nous arrivâmes devant le Collège de Pré-Royal un peu moins d'une heure après avoir quitté la Grande Bibliothèque des Lumières. Le fronton de la porte principale était surmonté de l'inscription “Ad majorem Dei gloriam”. Nous étions au bon endroit. J'avais lu dans l'ouvrage à la Grande Bibliothèque des Lumières que cette inscription était la devise des Jésuites “Pour une plus grande gloire de Dieu”. Je sonnai à l'entrée. La porte s'ouvrit quelques instants plus tard et une petite dame passa le bout de son nez par l'ouverture qu'elle avait créée.

— Bonjour, en quoi puis-je vous aider ? lança-t-elle.

— Bonjour Madame, nous faisons des recherches sur l'éducation dispensée par les congrégations religieuses au dix-neuvième siècle, improvisai-je. Nous savons que l'éducation occupe une place centrale au sein de la mission des Jésuites. Est-il possible d'en apprendre plus sur le Collège jésuite de Pré-Royal ?

Elle nous regarda d'un œil intrigué mais méfiant.

— Il n'y a plus d'éducation donnée ici au Collège de Pré-Royal depuis la Première Guerre Mondiale. L'ancien Collège de Pré-Royal n'est plus qu'un lieu de repos pour les frères de la congrégation. Je ne vous serai d'aucune aide. Je vous souhaite une bonne journée. Que Dieu vous bénisse.

Puis elle commença à refermer la porte.

— Madame, intervint prestement Victoria, même si cette maison n'est plus un lieu d'éducation, n'est-il pas possible de nous entretenir avec un frère de la congrégation ?

— Dieu ne répond pas aux journalistes, au revoir, dit-elle sèchement en fermant la porte pour de bon cette fois.

Notre tentative de pénétrer dans le royaume de Dieu fut donc un échec, même avec les meilleures intentions du monde. Je remarquai alors qu'une petite chapelle jouxtait le bâtiment devant lequel nous nous trouvions. Je pressai Victoria de me suivre. La porte de la chapelle était fermée mais un écriteau avait été placé dessus "Office quotidien à 18h". Je tressaillis de joie.

— Victoria, nous allons aller à la messe ! lui lançai-je, excité.

— À la messe ? répéta-t-elle, surprise.

— Oui, à la messe, lui confirmai-je.

— Mais qu'est ce qui te prend ? Je ne te savais pas pratiquant, lança-t-elle, déconcertée.

— Regarde Victoria, la congrégation donne une messe tous les jours à dix-huit heures. Quel meilleur moyen pour rencontrer des frères jésuites que de nous rendre directement à cet office qu'ils organisent !

Je vis un éclair traverser ses yeux.

— Allons acheter le missel ! lança-t-elle, convaincue par mon entreprise religieuse.

Nous nous rendîmes à l'office religieux de dix-huit heures. La chapelle était presque vide. En plus de Victoria et moi, je remarquai seulement trois personnes installées sur les premiers rangs. L'une d'elles s'était mise à genoux et avait logé sa tête dans le creux de ses mains. Trois frères jésuites entrèrent alors dans la chapelle et vinrent se placer autour de l'autel. L'office ne fut célébré que par l'un d'entre eux. Les deux autres frères avaient rejoint un banc sur le bas-côté et étaient restés assis là dans le silence. À plusieurs reprises, nous nous regardâmes avec Victoria. L'office dura une trentaine de minutes, parsemé de lectures liturgiques et de prières. À la fin de la cérémonie, le frère qui officiait rappela que l'office du lendemain serait donné à la même heure. Les quelques fidèles qui avaient assisté à la liturgie quittèrent la chapelle. Alors, à ce moment-là, avec Victoria, nous nous avançâmes vers l'autel en direction des frères qui n'étaient pas encore partis.

— Bonjour mon père, m'adressai-je, hésitant sur la façon dont je devais appeler le prélat qui avait célébré l'office.

— Bonjour, répondit-il plein de bienveillance. Puis-je vous apporter mon aide et celle du Seigneur ?

Victoria était restée un peu en retrait de moi.

— Avec mon amie, je lançai un regard vers Victoria, nous faisons des recherches sur la vie d'un écrivain ayant reçu un enseignement d'une congrégation religieuse dans les années 1880 à Paris. Nous savons que le Collège jésuite de Pré-Royal était de ce temps-là en activité. Nous avons pensé que vous pourriez peut-être nous renseigner à ce sujet ? m'avançai-je.

— Je viens hélas d'arriver dans cette maison jésuite il y a peu de temps. J'étais à Rome auparavant. Mais je pense que frère Matthieu, le doyen de la congrégation, pourra vous renseigner concernant votre recherche, répondit-il très aimablement.

— Merci, mon père. Euh mon frère. Serait-il possible de le rencontrer ?

— Bien sûr. Cependant, la congrégation ne peut vous accueillir le soir. Nous consacrons nos soirées à la prière et à la lecture. Revenez demain matin à l'entrée principale et dites que vous avez été invité à vous présenter ici par frère Gabriele.

Je remerciai frère Gabriele puis le quittai afin de retrouver Victoria qui m'attendait désormais au fond de la chapelle.

— Frère Gabriele est bien plus accueillant que la dame que nous avons vue tout à l'heure en nous présentant à l'entrée de l'ancien collège, dis-je.

— A-t-il pu te renseigner sur Albertus Fudge ?

— Lui non, mais il m'a donné rendez-vous demain matin afin que je rencontre le doyen de la congrégation, frère Matthieu. Il m'a dit qu'il pourrait peut-être nous éclairer.

— C'est une excellente nouvelle ! répondit-elle.

La nuit était tombée et notre après-midi de recherches nous avait donné quelques fruits intéressants à cueillir. Sur le chemin du retour, Victoria m'annonça qu'elle ne pourrait malheureusement pas m'accompagner au Collège de Pré-Royal le lendemain pour rencontrer frère Matthieu, à cause de son travail. Je fus attristé par cette nouvelle mais je me réjouis de passer la soirée avec elle.

Chapitre 24

Je me présentai à dix heures devant la porte d'entrée de l'ancien Collège de Pré-Royal. Après avoir sonné, la même petite dame que la veille vint m'ouvrir la porte. Son visage renfermé présageait du flot de paroles non agréables que j'allais recevoir.

— Nous ne répondons pas aux journalistes, je vous l'ai déjà dit hier. Inutile de revenir tous les jours, me lança-t-elle, s'apprêtant à me refermer la porte au nez.

— J'ai rendez-vous avec frère Gabriele, lui répliquai-je aussitôt en affichant un sourire narquois qui signifiait que j'avais gagné ma bataille contre elle.

— Puis-je savoir qui vous êtes ?

Je lui expliquai qui j'étais et lui donnai les informations que frère Gabriele m'avait données la veille, comme un laissez-passer.

— Entrez, dit-elle alors d'une voix vaincue.

Elle me fit patienter quelques minutes dans une petite pièce terne qui ressemblait à la salle d'attente d'un cabinet médical. Puis je vis enfin arriver frère Gabriele qui me salua avec bonhomie.

— Bonjour frère Gabriele, lui lançai-je joyeusement en retour.

— Suivez-moi. J'espère que votre accueil n'a pas été trop désagréable. Madame Santossa est rarement très accueillante mais il ne faut pas lui en vouloir, elle n'a vraiment pas eu la vie facile. Une fois que vous avez percé son épaisse carapace, vous vous apercevez qu'elle a un bon cœur.

Je suivis alors frère Gabriele dans l'ancien collège jésuite. Plus nous nous enfoncions dans l'édifice, plus il devenait agréable et accueillant. Frère Gabriele poussa alors une porte et nous nous retrouvâmes à l'extérieur, dans l'enceinte d'un cloître parfaitement préservé et à l'abri de tous regards. La cour du cloître était aménagée en un joli petit jardin à la française planté de buis parfaitement taillés. Je vis certains frères en train d'entretenir ce jardinet bucolique.

— Ce cloître a été construit en 1650 et nous avons eu de la chance car malgré les nombreuses guerres et batailles il est resté en l'état, traversant paisiblement les siècles. Nous nous rendons à présent dans l'autre partie de l'ancien collège, en face de nous, où se situent les appartements des frères jésuites.

En quittant le cloître et son jardin, nous pénétrâmes dans un bâtiment bien plus fonctionnel et ressemblant davantage à un immeuble d'habitation.

— Frère Matthieu habite au rez-de-chaussée, me précisa frère Gabriele. Vous verrez, bien qu'il soit le doyen avec un âge fort avancé, il a encore toute sa tête. Il est la mémoire vivante de ce lieu.

Nous arrivâmes enfin devant une porte. Au-dessus de la sonnette, une petite plaque indiquait “Matthieu”. Frère Gabriele pressa son doigt sur le bouton. Quelques instants plus tard, la porte s’ouvrit et je vis apparaître un vieil homme courbé mais dont les yeux transperçaient votre regard de leur sagacité.

— Bonjour frère Matthieu, dit frère Gabriele. Voici l’invité dont je vous ai parlé hier soir. Je vous laisse discuter tous les deux.

— Bonjour frère Matthieu, dis-je à mon tour, un peu sur la retenue.

Alors que ses yeux essayaient de lire à travers mon âme, je vis frère Gabriele s’éloigner pour nous laisser.

— Entrez, je vous prie. Vous êtes le bienvenu dans la maison du Seigneur, me dit-il, obligé.

Son habitation était de taille modeste et d’une grande simplicité fonctionnelle. Elle était composée d’une pièce principale dans laquelle se trouvait un lit simple, une petite table et trois chaises. Une fenêtre donnait sur la cour du cloître. Il m’invita à m’asseoir sur l’un des sièges et s’installa en face de moi.

— Frère Gabriele m’a dit que vous réalisiez des recherches sur un écrivain ayant reçu un enseignement religieux, est-ce bien cela ? me demanda-t-il.

— Tout à fait.

— L’éducation est au cœur de la mission des Jésuites, poursuivit-il. Notre système pédagogique repose sur une idéologie humaniste de confiance en l’homme et de foi en Dieu. Le Collège de Pré-Royal fut le plus illustre établissement d’enseignement jésuite de France. Que souhaitez-vous savoir précisément ?

— Je souhaiterais savoir si Albertus Fudge a reçu son éducation ici dans cet établissement. Son nom vous dit-il quelque chose ?

Je vis alors son regard se pétrifier et je crus que l'homme de foi qui se trouvait en face de moi allait se transformer en statue de pierre.

— Albertus Fudge est un écrivain tristement maudit, dit-il gravement.

— A-t-il été un pensionnaire de cet établissement ?

— Il fut bien plus qu'un élève pensionnaire. Il fut l'élève pensionnaire le plus brillant que le Collège du Pré-Royal n'ait jamais eu.

— Pouvez-vous m'en apprendre davantage sur sa vie ? Tout ce que j'ai entendu jusqu'à présent sur sa courte vie semble davantage relever d'une malédiction légendaire que de la réalité, continuai-je.

— Nous n'avons jamais bien su où se situait la frontière entre le réel et l'irréel dans la sombre vie d'Albertus Fudge, répondit-il alors. Je vais vous raconter l'histoire d'Albertus Fudge, telle que les frères du collège me précédant l'ont connue puisque certains d'entre eux furent ses enseignants.

Il marqua une courte pause avant de reprendre.

— Albertus Fudge naquit dans une famille auvergnate en 1870. Son intelligence prodigieuse rendit son enfance tumultueuse, si bien qu'on essaya de l'assassiner dans son village. Les villageois alentour avaient déclaré qu'il usait de sorcellerie pour manipuler l'âme des individus. Terrifiés par cette tentative ratée, les parents d'Albertus Fudge décidèrent de l'envoyer dans un pensionnat religieux à ses quatorze ans pour le protéger. C'est comme cela qu'Albertus Fudge arriva au Collège jésuite du Pré-Royal en 1884. Fudge était admiré par ses professeurs. Son intelligence était indéniablement très supérieure à celle de l'ensemble des élèves de son âge. Cette différence avec les autres enferma peu à peu le jeune individu dans une bulle qu'il s'était construite. Il s'enferma alors peu à peu dans la solitude et commença à écrire. En 1889, le collège du Pré-Royal fit une entorse à sa règle principale qui consistait à n'accueillir que des garçons. L'accueil de cette élève fut peut-être la plus terrible erreur commise par notre institution. Albertus Fudge tomba amoureux de cette jeune fille. Son comportement changea d'abord rapidement, comme si cette rencontre avait permis de créer un nouvel équilibre psychologique chez ce dernier. L'été qui suivit, Albertus Fudge partit un mois pendant les congés estivaux dans la famille de cette jeune femme qui l'avait invité. Personne ne sut ce qu'il se passa précisément pendant cette période mais lorsque Fudge revint au pensionnat, son état de santé mentale était devenu bien pire que ce qu'il avait été auparavant. Il rentra dans une folie furieuse qui contraignit les frères de l'époque à l'isoler complètement du reste des autres élèves. La jeune fille ne remit jamais les pieds dans notre institution. C'est à la suite de cet événement tragique de l'été 1890 qu'Albertus Fudge écrivit un recueil de contes intitulé *Les trois cheminées*. Il avait réussi à rencontrer un jeune éditeur qui accepta de publier son ouvrage. Jour après jour, la folie qui rongeait Albertus Fudge le dévastait un peu plus. Fudge fut retrouvé mort brûlé à vif fin décembre 1890 dans les rues de Paris. Les frères de la congrégation apprirent par la suite que son éditeur fut retrouvé calciné dans l'âtre de sa cheminée quelques années plus tard, en 1895. Quel épouvantable gâchis. Albertus Fudge aurait pu être une chance pour notre collège jésuite mais il fut tristement maudit.

— Qui était cette jeune fille qui fit basculer la vie d'Albertus Fudge ? demandai-je, glacé par le récit que je connaissais déjà en partie pourtant.

— Son nom était Elena Paricati, dit-il tristement.

En entendant frère Matthieu prononcer ces mots, je crus que mon cœur allait cesser de battre, comme pétrifié à son tour.

— Je vous disais que ce fut probablement la plus grande erreur de notre institution religieuse de faire cette entorse à nos règles et de l'accueillir. Le Duc de Paricati était un riche marchand du nord de l'Italie. Il était aussi l'un des plus importants donateurs de notre congrégation jésuite. En 1889, le Duc perdit sa femme d'une maladie foudroyante. Ses deux fils aînés étaient assez âgés pour être autonomes et marchands à leur tour au côté de leur père mais pas sa fille cadette, Elena. Ce dernier nous pria alors de prendre en charge l'éducation de sa fille dont il ne pouvait honorer la charge à cause de la gestion de son empire commercial. Les frères jésuites en place n'étaient pas en position de force pour refuser cette demande, compte tenu des problèmes financiers auxquels ils faisaient face. C'est ainsi qu'Elena Paricati entra au pensionnat en 1889. Vous connaissez la suite de cette funèbre histoire.

Je restai muet un instant, interdit par ce que venait de me conter frère Matthieu.

— C'est une bien triste histoire, commentai-je à demi-voix.

— Hélas oui. Même si je ne les ai pas connus, je prie moi aussi pour eux encore aujourd'hui, comme un devoir de mémoire, dit-il.

— Merci frère Matthieu, repris-je. Je ne vais pas vous déranger plus longtemps.

— Vous ne me dérangez pas, vous êtes ici dans la demeure du Seigneur, les portes vous seront toujours ouvertes.

Sauf quand Madame Santossa a décidé de ne pas vous faire entrer, pensai-je.

Je me levai alors pour lui indiquer que j'allais prendre congé de son hospitalité. Frère Matthieu me raccompagna jusqu'à sa porte.

— Au revoir et merci frère Matthieu, dis-je, reconnaissant.

— Au revoir, lança-t-il à son tour.

En le quittant, je perçus une sorte d'inquiétude se manifester sur son visage qui était devenu plus grave. Un frisson me parcourut l'échine. Puis je sortis de l'ancien Collège jésuite de Pré-Royal quelques minutes plus tard.

Je me rendis à l'entrepôt en début d'après-midi. Art était derrière l'un des nouveaux chevalets qu'il avait achetés et il peignait une commande qu'on lui avait passée. Un grand chat noir mince aux poils ras. Ses yeux émeraude brillaient sur la toile comme les pierres précieuses de Monsieur Pochard.

— Bonjour Art, lui lançai-je.

— Hey Bobby ! répliqua-t-il aussi sec. Avez-vous mis la main sur de nouveaux éléments inspecteur ?

— Je reviens de l'ancien Collège jésuite de Pré-Royal où Albertus Fudge fut pensionnaire. Allons prendre un thé à la menthe dans la verrière, lui dis-je.

Nous nous retrouvâmes quelques minutes plus tard dans la verrière, le temps de préparer notre cérémonial théiné et je commençai à lui raconter ma rencontre avec frère Matthieu.

— Ça alors ! laissa échapper Art. Je n'en reviens pas. Qu'est devenue Elena Paricati ?

— En 1890, Albertus Fudge fut invité par Elena à passer l'été en Italie du Nord dans la résidence familiale des Paricati. Je ne sais pas ce qu'il arriva réellement mais les événements prirent une tournure radicalement différente à partir de ce moment-là. Lorsque Fudge revint à Paris, la folie qui le ravageait en fut décuplée et Elena ne remit jamais les pieds dans le collège jésuite.

— Tout ceci ne tourne pas rond, comme si on nous cachait quelque chose, laissa échapper Art, songeur. Frère Matthieu ne vous a-t-il rien dit sur les événements de l'été 1890 ?

— Non, il m'a dit tout ce qu'il savait.

— Hum…, laissa échapper Art. Le puzzle n'est pas complet.

— Pensez-vous à quelque chose, Art ?

— Je ne pense à rien, je réfléchis, me répondit-il avant d'avaler une gorgée de thé brûlant.

— Tenez-moi au courant si vous êtes frappé d'une fulgurance.

— À la bonne heure ! lança-t-il.

Art repartit à son travail d'artiste et moi je restai là dans le canapé, plongé ou peut-être noyé, dans mes réflexions.

Je rentrai chez moi en fin d'après-midi. Lorsque je passai la grande porte d'entrée, je vis Madame Sylvia qui m'adressa un large sourire généreux. J'essayai de lui répondre en miroir mais je n'arrivai pas à sourire autant qu'elle. Alors que j'avançai vers elle, elle me fit un signe, avant de sortir de son repère.

— Bonsoir mon petit, vous avez reçu une lettre.

— Merci Madame Sylvia, m'empressai-je de lui répondre.

— Bonne soirée mon petit.

Je montai alors les marches d'un pas rapide jusqu'à ma chambre du sixième étage. Lorsque je pénétrai dans la pénombre de mon habitation, je me précipitai vers ma petite lampe métallique orange posée sur ma table. Je l'allumai et remarquai que l'enveloppe avait été affranchie d'un pli prioritaire. Je l'ouvris sans attendre et vis qu'elle était signée de la plume d'Hermann. Les battements de mon cœur commencèrent à s'accélérer.

Cher ami,

J'espère que vous vous portez bien, ainsi que vos deux compagnons d'aventure. Je vous fais parvenir cette lettre de manière prioritaire car je sais que le temps d'acheminement du courrier entre la Suisse et la France peut être bien long parfois.

Lors de notre visite chez mon ami joaillier Pietr Pochard, ce dernier avait recopié le motif du médaillon trouvé sur Monsieur Artipiac. Après des recherches fouillées et documentées, il me fit part d'une découverte étonnante. En effet, les trois étoiles et le quartier de lune ont une signification biblique. Les trois étoiles correspondent aux trois rois mages qui marchaient dans la nuit étoilée et sous la lumière de la lune pour apporter leurs cadeaux à l'enfant Jésus né de la Vierge Marie. J'en viens maintenant au plus surprenant dans cette histoire. Les recherches effectuées par Pietr révèlent que ce motif symbolique est utilisé par les sœurs bénédictines de la Charité. Leur couvent était situé à Paris jusqu'au début du vingtième siècle. Je ne sais pas encore très bien comment tout cela peut être lié à Albertus Fudge et Elena Paricati mais c'est une découverte dont je devais absolument vous faire part. Je continue mes recherches en Suisse. Tenez-moi au courant si les vôtres avancent davantage.

Amicalement,

Hermann

Je relus cette lettre trois fois. Art avait raison, quelque chose clochait dans toute cette affaire. D'abord le collège des frères jésuites, ensuite le couvent des sœurs bénédictines de la Charité. Je passai ma soirée à réfléchir aux liens mystérieux qui pouvaient relier tous ces nœuds encore bien serrés. Je me couchai tôt et rendrais visite à Art au petit matin.

Chapitre 25

J’arrivai à l’entrepôt à huit heures du matin. Il faisait encore presque nuit. Dès que j'aperçus Art, je l'interpellai.

— Art, vous avez raison, il y a quelque chose qui ne tourne pas rond dans toute cette affaire !

En dérogeant à notre cérémonie du thé, je lui fis part sans attendre de la lettre que j’avais reçue de Monsieur Froschauer.

— Bon Dieu ! s’exclama-t-il. Frère Matthieu s’est gardé de tout vous révéler à mon avis.

— J’ai en effet du mal à croire que cette histoire de couvent soit complètement indépendante de celle du collège des jésuites… admis-je.

— Ne perdez pas une minute Bobby, un mystère divin vous attend. Frère Jacques aussi, me lança Art avec aplomb.

— Frère Matthieu, Art !

Art avait raison, je devais retourner voir frère Matthieu. Toute cette histoire ne tenait pas debout.

J’arrivai devant la porte de l’ancien Collège jésuite de Pré-Royal une heure après avoir eu ma discussion avec Art. Je sonnai. Madame Santossa m'ouvrit cette fois sans dire mot. Son visage fermé s’était quelque peu adouci. Frère Gabriele avait sans doute raison, me dis-je finalement.

— Merci Madame Santossa, lui répondis-je en lui adressant un sourire.

Je savais où trouver frère Matthieu. Je traversai le collège puis le jardin du cloître. J’arrivai enfin dans le bâtiment où résidaient les différents frères de la congrégation. Je pris une grande respiration puis sonnai à sa porte. J'attendis quelques instants mais personne ne vint m'ouvrir. Un sentiment d'angoisse me monta alors le long de la colonne vertébrale. Frère Matthieu volatilisé. Soudain, un monsieur, qui balayait le hall du bâtiment où je me trouvais, s'arrêta et me regarda.

— Vous cherchez quelque chose ? me lança-t-il.

— J'ai rendez-vous avec frère Matthieu, lui répondis-je.

— Ah, vous pouvez attendre alors, l'office religieux ne se termine que dans trois quarts d'heure.

— Mais oui, suis-je bête... marmonnai-je.

La vie du collège était naturellement rythmée par les divers offices religieux. Un sentiment de soulagement se répandit en moi. J'étais prêt à attendre tout le temps nécessaire désormais. Je m'assis alors sur une chaise, non loin de la porte de l'appartement de frère Matthieu.

Quarante minutes plus tard, je vis le ballet congréganiste se mouvoir dans le jardin du cloître par la fenêtre qui se trouvait en face de moi. J'aperçus enfin frère Matthieu se diriger vers moi.

— Bonjour frère Matthieu, lui dis-je dès qu'il fut à ma portée.

— Bonjour, me répondit-il un peu interloqué dès qu'il me reconnut.

— Si vous avez un peu de temps, j'aurais de nouvelles questions à vous poser, lui dis-je le plus aimablement du monde.

Frère Matthieu me fit signe de le suivre à l'intérieur de son logement. Il se dirigea vers la petite table autour de laquelle il m'avait reçu la dernière fois, me pria de m'asseoir puis, s'assit à son tour.

— Comment puis-je vous aider cette fois ? me demanda-t-il calmement.

Sans rien dire, je sortis alors de ma poche le médaillon en or trouvé sur la dépouille de Monsieur Artipiac et le posai sur la table sous les yeux de frère Matthieu. L'expression de son visage se crispa brusquement.

— Je ne m'attendais pas à ce que vous reveniez si tôt, mais je me doutais que vous reviendriez un jour... me dit-il fataliste et avec une pointe de tristesse dans sa voix.

— Ce médaillon porte en son dos l'inscription "Albertus Fudge & Elena Paricati". Selon des recherches réalisées, sa face est gravée d'un symbole biblique utilisé par le couvent des sœurs bénédictines de la Charité qui était établi à Paris jusqu'au début de vingtième siècle. Frère Matthieu, que signifie tout cela ? Que s'est-il réellement passé entre Albertus Fudge et Elena Paricati ? lui demandai-je sur un ton d'imploration.

— Tout ce que je vous ai dit l'autre jour est bien vrai...

Frère Matthieu fit une pause silencieuse.

— Je vais vous raconter ce qu'il s'est passé durant ce terrible été 1890... reprit-il alors. Albertus Fudge et Elena Paricati étaient tombés éperdument amoureux l'un de l'autre. Un coup de foudre comme on appelle cela. Au début du printemps 1890, Elena Paricati tomba enceinte d'Albertus Fudge. Durant l'été 1890 où Albertus Fudge avait été invité par Elena dans la propriété familiale des Paricati, cette dernière ne put cacher sa grossesse qu'elle dut révéler à son père et à ses deux frères aînés. Ces derniers entrèrent alors dans une colère folle. Non seulement Elena était tombée enceinte avant de s'être mariée devant Dieu mais aussi le père de cet enfant qui allait naître n'était qu'un vulgaire fils de paysans auvergnats, bien loin du rang de la famille Paricati. Un déshonneur pour cette famille à la renommée prestigieuse. Elena conjura que cet amour était sincère et qu'elle et Fudge avaient entrepris de se marier, l'hiver venu. Cependant, le Duc ne voulut rien entendre et Albertus Fudge fut renvoyé sur-le-champ au Collège de Pré-Royal et il dut jurer de ne plus jamais revoir Elena. Le Duc de Paricati décida alors d'envoyer sa fille au couvent des sœurs bénédictines de la Charité à Paris. Ce couvent avait deux avantages aux yeux de la famille Paricati : il était doté d'une maternité et il permettrait à Elena d'expier ses péchés devant Dieu. Voici donc les événements qui plongèrent Albertus Fudge dans une folie que plus personne ne pouvait contrôler. Et c'est durant cette période de démence qu'il écrivit le conte des trois cheminées. Elena Paricati, quant à elle, donna naissance à un garçon dans les derniers jours de l'année 1890. Gravement affaiblie par l'accouchement dont elle était sortie épuisée, elle contracta une maladie incurable. Les médecins ne lui donnèrent hélas que quelques semaines tout au plus. Comprenant qu'elle allait mourir, elle confia son enfant au seul ami qu'elle avait à Paris, en dehors d'Albertus Fudge qu'elle ne revit tristement jamais, Alessandro Farendo. Maître Farendo, né d'un père italien et d'une mère française, était notaire. Avant de mourir, Elena confia la fortune dont elle disposait à ce dernier et le pria de veiller sur son fils jusqu'à sa majorité. J'imagine que c'est ce que maître Farendo fit. Je ne sais pas hélas ce qu'il s'est passé ensuite. C'est tout ce que je connais de cette histoire. Que Dieu vous témoigne de ma bonne foi et de la véracité de mes propos.

— Je suppose qu'Elena Paricati a donc fait faire ce médaillon pour le transmettre à son fils, de sorte qu'il ne l'oublie jamais ? demandai-je à frère Matthieu.

— Ce médaillon a en effet très vraisemblablement été réalisé à la demande d'Elena Paricati pour son fils. Cette médaille n'est autre que la relique de l'amour entre Albertus Fudge et Elena... me dit-il le visage rempli d'une tristesse sincère et touchante.

Une chose continuait de m'échapper, comment se faisait-il que ce médaillon s'était retrouvé sur la dépouille de Monsieur Artipiac, de son vrai nom Paricati ? Le fils d'Albertus Fudge et d'Elena Paricati portait de toute évidence le nom Fudge. Je ne comprenais pas comment un Paricati pouvait en être le possesseur.

— Merci frère Matthieu de m'avoir révélé tout ce que vous saviez sur cette histoire.

— Cette terrible histoire... me reprit-il, chagriné.

Je remerciai une dernière fois frère Matthieu et quittai l'ancien Collège jésuite de Pré-Royal.

En revenant à l'atelier, je vis Art tel que je l'avais quitté quelques heures plus tôt, derrière un chevalet, donnant des coups de pinceaux sur ce chat noir ténébreux.

— Votre intuition était la bonne Art, frère Matthieu ne m'avait pas raconté l'histoire dans sa totalité, lui lançai-je alors qu'il continuait à faire glisser son pinceau sur la toile. Je suis convaincu de sa sincérité mais quelque chose ne tient toujours pas la route, lui dis-je embêté.

Je lui racontai les nouveaux éléments appris par frère Matthieu.

— Oui effectivement Bobby, il nous manque toujours une pièce du puzzle. Comment pouvons-nous expliquer que Monsieur Artipiac-Paricati ou Paricati-Artipiac soit en possession du médaillon transmis par Elena à son fils ?

— Je ne sais pas Art...

— Ce notaire, Farendo, avons-nous une trace de lui ? Peut-être que son étude notariale existe encore ? me demanda Art incrédule.

— Je vais faire des recherches, lui répondis-je.

— Sonnez-moi quand vous aurez trouvé Bobby !

— Si je trouve...

— Quand on cherche, on finit toujours par trouver ! me lança Art, m'interdisant ainsi d'échouer dans cette mission.

Je me mis alors à rechercher tous les offices notariaux situés à Paris, attablé au bureau de Monsieur Artipiac. Quand je découvris qu'il n'existait pas moins de mille neuf cents notaires installés dans la capitale, je poussai un souffle de découragement. Soudain, je sursautai. En me rendant à la lettre F, je tombai rapidement sur le nom Farendo & Associés. C'était bien la première fois dans toute cette affaire que la chance me souriait.

— Bingo Art ! Farendo & Associés, 53 quai d'Orsay à Paris.

— Bien joué, Bobby ! Vous devriez jouer au loto plus souvent !

Je dégotai aussitôt leur numéro de téléphone et les appelai depuis le vieux combiné de l'entrepôt afin de prendre rendez-vous.

— Farendo & Associés, en quoi puis-je vous aider ?

— Bonjour Madame, lui répondis-je d'une voix ampoulée. Je souhaiterais prendre rendez-vous avec Maître Farendo au plus vite, s'il vous plaît.

— Je suis sincèrement désolée Monsieur mais l'agenda de Maître Farendo est complet pour les cinq prochaines semaines. Je peux vous proposer une date de rendez-vous à partir de ce moment-là si cela vous convient ?

Je n'avais pas anticipé qu'il ne serait pas disponible rapidement. Erreur de débutant me dis-je. Un filet de sueur perla sur mon front. Soudain, un éclair de génie traversa mon esprit et je me repris.

— Pardonnez-moi Madame, je suis Monsieur Paricati, veuillez vérifier dans vos dossiers, je suis un client important, improvisai-je.

Un silence qui sembla durer une éternité s'écoula.

— Excusez-moi pour cette attente Monsieur Paricati, Maître Farendo vous recevra lundi à onze heures dans son bureau si cela vous convient.

Après avoir précieusement noté cette information, je raccrochai, ne revenant pas de la performance que je venais d'accomplir. Je remarquai qu'Art avait arrêté de peindre et qu'il me fixait médusé.

— L'élève a dépassé le maître, laissa-t-il s'échapper en m'applaudissant. Bravo Bobby, vous m'en avez bouché un coin !

Après cette performance théâtrale qui m'avait vidé de mes forces, je rentrai chez moi. Victoria devait me rejoindre un peu plus tard pour que nous passions la soirée ensemble. Le week-end qui arrivait était une aubaine afin de reprendre des forces avant la semaine effervescente qui m'attendait.

Chapitre 26

Lundi matin, je me présentai à dix heures quarante-cinq devant le 53 quai d'Orsay. Je m'étais habillé pour l'occasion : une chemise, un pull en laine uni, le plus élégant dont je disposais, et une veste. Je portais également une écharpe bien chaude enroulée autour de mon cou pour lutter contre le froid hivernal. Pour parfaire cet accoutrement inhabituel pour moi, Art m'avait prêté une petite mallette en cuir dans laquelle j'avais glissé un bloc-notes et quelques feuilles de papier pour la gonfler un peu. Mes cheveux étaient impeccablement coiffés. En levant la tête, je remarquai la façade colossale de l'édifice. De style Art Déco, quatre colonnes imposantes tels des colosses antiques gardaient l'entrée du bâtiment, toute de verre et de fer forgé. La façade principale était surmontée d'une frise en pierre sculptée représentant le travail du tabac, de son exploitation agricole à sa production industrielle. À dix heures cinquante-cinq, je pénétrai enfin dans ce temple imposant.

— Bienvenue chez Farendo & Associés, me dit une petite voix féminine provenant de l'autre côté du bureau situé dans la grande entrée. En quoi puis-je vous aider ?

— J’ai rendez-vous avec Maître Farendo à onze heures, répondis-je aimablement.

Elle dirigea son regard vers son bureau. J’imaginai qu’elle vérifiait la véracité de mes propos. Puis elle reprit.

— Monsieur Paricati ?

— C’est bien cela, lui répondis-je.

— Suivez-moi, je vous prie.

Je la suivis, montant un majestueux escalier en pierres claires paré d’une balustrade torsadée aux motifs floraux. Elle m’installa dans un petit salon d’attente où je me retrouvai seul.

— Maître Farendo va vous recevoir d’un instant à l’autre, me dit-elle sur un ton informatif.

— Je vous remercie, Madame.

Puis je la vis partir pour retourner à ses occupations premières au rez-de-chaussée de cet impressionnant monument. Sur la table basse, je vis une brochure au papier épais et dont la qualité semblait en adéquation avec le lieu dans lequel je me trouvais. Je l’attrapai et commençai à la lire en attendant la venue de Maître Farendo. Cette dernière retraçait l’illustre histoire du bâtiment qui jadis, avait été le siège de la Société d’Exploitation Industrielle des Tabacs et des Allumettes, connue sous le nom de Seita. J’appris que cette entreprise disposait du monopole de la culture du tabac en France jusque dans les années 1970. Soudain, un grand monsieur à l’allure galbée et habillé d’un costume trois-pièces irréprochable apparut dans l’embrasure de la porte en face de moi.

— Je suis désolé de vous avoir fait attendre. Maître Farendo, enchanté.

— Bonjour Maître, merci de me recevoir si rapidement.

Il me conduisit jusqu'à son bureau, aussi grand que l'entrepôt de Monsieur Artipiac et l'atelier de peinture d'Art réunis. Je me rendis vite compte que Maître Farendo, en plus de sa qualité de notaire, était un grand collectionneur d'art. La bibliothèque qui couvrait tout un pan de mur de la pièce était remplie de sculptures très réussies. Je fus ébloui par une panthère en bronze à la patine brune réalisée dans ses proportions réelles. Maître Farendo ne manqua pas de remarquer mon regard impressionné, comme aimanté par cet animal.

— C'est l'un des artistes animaliers les plus doués de tous les temps selon mon humble opinion, Paul Jouve, qui l'a réalisée pour mon père, me dit-il avec fierté.

— Votre collection est grandiose, le félicitai-je.

Après avoir caressé cet animal de bronze comme s'il s'agissait d'une bête vivante, il vint s'asseoir à son bureau.

— Qui êtes-vous et que voulez-vous ? me lança-t-il dans une volte-face, sans que je ne visse venir cette question. Les Paricati ont disparu de ce monde depuis bien longtemps. Quelles sont vos intentions ? reprit-il d'un ton inquisiteur.

Je ne m'attendais pas à un revirement de situation aussi sec. Je déglutis lentement et regrettai de ne pas avoir de pastilles Vichy sous la main pour calmer mon rythme cardiaque. Je sortis alors le médaillon en or de Monsieur Artipiac et le posai sur le bureau de Maître Farendo. Je décidai de ne pas mentir davantage, je n'étais pas assez doué pour cela.

— Ce médaillon est gravé sur son dos, non perceptible à l'œil nu, de l'inscription "Albertus Fudge & Elena Paricati", dis-je alors au notaire.

— Elena Paricati..., reprit ce dernier en soupirant.

J'expliquai alors ce que je savais sur Elena Paricati : ma rencontre avec frère Matthieu dans l'ancien Collège jésuite de Pré-Royal, l'histoire du couvent des sœurs Bénédictines de la Charité, et l'enfant né de l'amour d'Albertus Fudge et d'Elena Paricati.

— Je sais qu'Elena s'était liée d'amitié avec un notaire, Maître Farendo...

— Alessandro Farendo, mon grand-père..., me coupa-t-il, avant de me laisser poursuivre mon récit.

— Peu avant sa mort, repris-je, Elena fit promettre à votre grand-père de s'occuper de son fils jusqu'à sa majorité comme s'il était son propre enfant. Elena, qui provenait d'une riche famille marchande italienne, disposait d'une fortune personnelle importante. Elle confia également cette fortune à votre grand-père. J'imagine qu'elle fit frapper cette médaille peu avant de mourir et qu'elle l'accrocha au cou de son enfant afin qu'il ne l'oubliât jamais. Je n'ai retrouvé aucune trace d'une descendance du nom de Fudge, si bien que je suis dans l'impossibilité de restituer ce médaillon à son propriétaire légitime, donnai-je en guise d'excuse.

— Tout d'abord, nous devons beaucoup, peut-être même tout à Elena Paricati, me dit maître Farendo avec émotion dans sa voix. Elena, dans son testament, avait laissé une somme importante à mon grand-père pour le remercier de cette lourde tâche qu'elle lui avait confiée. Grâce à cette dernière, notre affaire familiale prospère encore aujourd'hui. Notre collection d'art est dotée par un fonds familial que nous avons nommé Elena en son hommage, afin que sa mémoire continue de vivre, me dit-il avec une sincérité touchante.

Il tourna un petit cadre en bois qui était posé face à lui sur son bureau et je vis apparaître une photo en noir et blanc où figuraient une jeune femme ravissante habillée d'une longue robe et un homme vraisemblablement du même âge en redingote et portant un chapeau haut de forme d'une grande élégance.

— Mon grand-père Alessandro Farendo et Elena Paricati à l'hippodrome du Bois de Boulogne en 1887, me dit-il avec mélancolie.

Il retourna à nouveau le cadre vers lui, puis reprit.

— Aucune descendance ne porte le nom de Fudge, m'expliqua-t-il.

— Mais Elena n'a-t-elle pas eu un fils de ce dernier ? demandai-je interloqué.

— Disons que mon grand-père a quelque peu changé le cours de l'histoire de cette famille, en exécutant les dernières volontés d'Elena. En effet, comme vous l'avez appris, Elena s'était attiré les foudres de sa famille en tombant amoureuse d'Albertus Fudge et pis encore, en tombant enceinte de lui. Albertus Fudge mourut aliéné par cette rage folle qui l'avait ravagé. Cependant, Elena resta éperdument amoureuse d'Albertus Fudge jusqu'à son dernier jour bien qu'elle fût interdite par son père et ses frères de le revoir. Néanmoins, elle savait que donner le nom Fudge à son fils ne ferait que le condamner à tout jamais. C'est pourquoi, lorsqu'elle mit au monde ce dernier, elle décida de lui faire porter son nom à elle, Paricati. Elle lui donna le prénom Albert, en souvenir de son amant et père de son enfant, Albertus. Et c'est ainsi qu'en décembre 1890 était né Albert Paricati.

Mon visage s'illumina d'un coup et je compris immédiatement que Monsieur Artipiac n'était autre que le descendant direct d'Albertus Fudge et d'Elena Paricati, sans doute leur petit-fils. C'était pour cela qu'il portait le médaillon.

— Mon grand-père éleva Albert comme son fils et tint la promesse qu'il avait faite à Elena. Seulement, cette dernière avait écrit une lettre que mon grand-père devait remettre à Albert le jour de sa majorité. Cependant, Albert se volatilisa ce jour même et il ne donna plus aucune trace de vie par la suite. Mon grand-père ne put jamais lui remettre cette lettre. Jusqu'à sa mort, mon grand-père espéra retrouver Albert afin de lui donner cette lettre, ce qu'il ne parvint à faire, si bien qu'il mourut l'âme lourde et peinée de n'avoir pu honorer sa promesse jusqu'au bout...

— Votre famille n'a plus eu aucune nouvelle d'Albert Paricati depuis ses vingt et un ans ? demandai-je interloqué.

— Hélas, non, me répondit-il. Depuis ce jour, ma famille n'a plus eu aucun signe de vie de lui. C'est pourquoi, dès que mon assistante m'a fait part qu'un Paricati voulait me rencontrer, j'ai pris toutes les dispositions pour le faire expressément.

— Je comprends, dis-je désolé et un peu embarrassé au regard du récit que venait de me raconter Maître Farendo.

Maître Farendo jeta un regard triste en direction du cadre immortalisant son grand-père avec Elena Paricati.

— Avez-vous encore cette lettre écrite par Elena Paricati à son fils Albert ? demandai-je au notaire.

— Cette lettre n'a pas quitté le coffre de l'office depuis qu'elle y a été placée, me répondit-il.

— M'autorisez-vous à en prendre connaissance ? l'interrogeai-je d'une voix qui témoignait de mes bonnes intentions.

— Je ne crois pas que mon grand-père ou Elena auraient aimé que cette lettre tombe dans les mains d'un inconnu. Néanmoins, vous êtes vraisemblablement venus jusqu'à moi avec sincérité et dépourvu de mauvaises intentions, me dit-il.

Il se leva et se tourna vers l'une des grandes fenêtres qui perçaient son bureau. Je le vis alors se retourner vers moi.

— Suivez-moi, me lança-t-il.

Je suivis Maître Farendo dans une pièce attenante à son bureau, de taille beaucoup plus petite. Une grande armoire se trouvait contre le mur. La façade en bois dissimulait la porte d'un grand coffre-fort Fichet qui datait sans l'ombre d'un doute de l'époque du grand-père de ce dernier. Il l'ouvrit et en sortit une grande enveloppe. Il me la tendit. Je l'ouvris et commençai à la lire.

Le 17 janvier 1891

Cher fils, mon Albert,

Je t'écris cette lettre aujourd'hui car je suis mourante. Je n'aurai pas la chance de te voir grandir alors je veux que tu saches certaines choses, à quel point je t'aime et que je t'aimerai pour l'éternité.

Tu dois d'abord savoir qui est ton père, Albertus Fudge, et tu dois connaître la vérité sur qui il est. Il est l'homme le plus incroyable et le plus gentil que j'ai jamais rencontré. Nous nous sommes rencontrés au Collège jésuite de Pré-Royal où j'avais été envoyée alors que ma mère venait de mourir. Les mois que j'ai passés avec lui dans cet établissement furent les plus heureux de ma courte vie. Ton père me faisait oublier cette famille, cette terrible famille à laquelle j'appartenais bien malgré moi. Albertus n'a jamais été fou ou malade contrairement à ce qu'on disait de lui. Il était seulement différent. C'est pour cela que je l'ai aimé et que je l'aime encore. Et bientôt, je le rejoindrai pour l'éternité.

Maintenant, tu dois aussi connaître le plus sombre de toute cette histoire. Ma famille. L'illustre famille marchande italienne des Paricati. Quel fardeau.

Je suis tombée enceinte de toi quand nous étions au Collège jésuite de Pré-Royal avec Albertus. L'été qui suivit, je conviai Albertus dans notre propriété familiale pour y passer la période estivale. Je voulais aussi qu'il rencontre ma famille. Mais rien ne se passa comme prévu et je regrette de l'avoir fait. Lorsque mon père et mes deux frères apprirent que j'étais amoureuse de lui et pire encore, que j'en étais tombée enceinte, ils commencèrent à me haïr, peut-être encore plus qu'ils ne haïrent ton père... Je fus dès lors empêchée de revoir Albertus, ce qui le plongea dans un désespoir qui le dévasta et finit par le tuer. J'en suis si triste. Cependant, peu avant de mourir, Albertus parvint à m'envoyer une ultime lettre. Je crois que la folie l'avait ravagé au plus haut point car je ne compris pas bien ce qu'il voulut m'exprimer. Je me souviens seulement de ces quelques mots : "Les trois cheminées cracheront leur immonde vérité." suivis d'un dernier je t'aime.

Quant à moi, j'étais alors enceinte de toi et je n'avais plus qu'une obstination, que tu vives. C'est pourquoi tu lis cette lettre aujourd'hui. Et sans l'aide de mon grand ami Alessandro Farendo, rien n'aurait été possible, sois-en lui éternellement reconnaissant. C'est pour que tu puisses vivre que tu ne portes pas le nom de ton père mais le mien. Peut-être arriveras-tu à te cacher un peu mieux de leur haine qui continuera à te poursuivre. Alessandro te remettra aujourd'hui, jour de ta majorité, les clés de ton compte sur lequel j'ai déposé assez d'argent pour que tu n'aies à te soucier de rien. Je t'en supplie, je t'en conjure, fais très attention. Mon père, le Duc de Paricati, va bientôt mourir mais je sais que mes frères, eux, n'éprouveront aucune pitié et qu'ils te traqueront tant qu'ils ne t'auront pas tué de leurs mains. Ne croise jamais leur chemin, je t'en supplie. Ne pleure pas ta pauvre mère, pleure mes frères, ces horribles monstres.

Je t'aime pour l'éternité,
Ta maman, Elena

Mes yeux devinrent humides mais je me retins afin de ne pas me laisser submerger par l'émotion de cette lettre.

— Elena Paricati était une bonne personne, dis-je à Maître Farendo.

Il m'adressa un sourire rempli de bienveillance en guise d'approbation.

— C'est un bel hommage que vous lui avez fait en appelant votre fonds de dotation la collection Elena, dis-je au notaire alors qu'il me raccompagnait vers son bureau.

— Elle méritait au moins cela, me répondit-il.

— Tenez, je crois que ce médaillon sera à la bonne place chez vous, lui dis-je en lui tendant la médaille en or donnée par Elena Paricati à son fils Albert.

Il me regarda, les yeux remplis d'émotion.

— Merci, me dit-il en serrant la médaille dans le creux de sa main.

Il me raccompagna ensuite jusqu'à la sortie de l'édifice majestueux et nous nous quittâmes dans un sentiment d'apaisement. Comme si Elena nous unissait désormais pour l'éternité.

Après cette visite chez le notaire, je me rendis directement à l'entrepôt. Dès que j'entrai, Kelly vint se frotter à moi immédiatement, comme si mon accoutrement du jour l'avait interloquée. Art vint alors à ma rencontre.

— J'étais en train de continuer le portrait de Kelly, quand elle s'est sauvée de son fauteuil princier pour se précipiter vers vous. Quel chic aujourd'hui ! Ça ne m'étonne pas de Kelly, elle a toujours aimé les beaux garçons.

Je laissai échapper un sourire.

— Avez-vous fait affaire avec Maître Farendo ? me demanda-t-il.

— Mieux encore, lui répondis-je. N'irions-nous pas boire un peu de thé à la menthe ?

Le temps que le thé fût prêt, nous nous retrouvâmes avec Art sous la verrière où nous nous étions confortablement enfoncés dans le canapé. Je lui racontai ma rencontre avec Maître Farendo et ce qu'il m'avait appris sur Elena Paricati.

— Vous êtes donc en train de me dire cher ami que selon vous Monsieur Artipiac ne serait autre que le descendant direct d'Albertus Fudge et d'Elena Paricati ?

— Je ne vous le dis pas, Art, je vous l'affirme, lui répondis-je avec une certitude inébranlable.

— Et vous pensez que Monsieur Artipiac a été assassiné et que le manuscrit a été volé par l'un des descendants des deux frères Paricati ?

— Pour être tout à fait précis, par un descendant de Giuseppe Paricati, Art ! Nous savons grâce à Monsieur Froschauer qu'Antonio le frère aîné est décédé sans avoir eu de descendance, ce qui nous facilite la tâche d'une certaine manière.

— Que Dieu bénisse Antonio, lança alors Art en levant ses yeux vers le plafond.

Art mit alors en pause son flot de paroles continues et sortit de sa poche la boîte de pastilles Vichy pour en glisser une dans sa bouche.

— Nous n'avons plus une minute à perdre ! reprit-il soudainement. Nous devons retrouver l'assassin de Monsieur Artipiac au plus vite et mettre la main sur le manuscrit original d'Albertus Fudge pour tirer au clair toute cette affaire !

— Je dois prévenir Monsieur Froschauer au plus vite, répondis-je à Art.

Sur ces mots, je me levai pour aller écrire une lettre urgente à Hermann. Je m'assis au bureau de Monsieur Artipiac et commençai à rédiger ma missive.

Cher Hermann,

J'espère que vous vous portez bien et que vous lirez cette lettre au plus vite. Je l'ai voulue courte tant mon message est pressant et urgent.

Suite à votre lettre nous informant des nouvelles découvertes faites avec Monsieur Pochard sur le médaillon trouvé sur la dépouille de Monsieur Artipiac, notre enquête qui nous avait conduits dans l'ancien Collège jésuite de Pré-Royal nous a menés à percer les secrets d'Elena Paricati. Tout est trop long à expliquer mais après avoir rencontré un notaire, Maître Farendo, nous savons désormais que Monsieur Artipiac n'est autre que le descendant d'Elena Paricati et d'Albertus Fudge. Nous avons toutes nos raisons de croire que l'assassin de ce dernier et le voleur du manuscrit original d'Albertus Fudge ne sont autres qu'un descendant du second frère d'Elena Paricati, Giuseppe Paricati. Nous devons le retrouver au plus vite et agir en conséquence. Nous nous mettons sur ses traces avec mon compagnon d'aventure, Arthur.

La vérité est proche.

Amicalement,

Votre jeune ami de Paris

Puis, je partis prestement en direction de la Poste afin d'affranchir cette lettre de trois timbres prioritaires pour la Suisse de sorte que Monsieur Froschauer la reçût au plus vite.

PARTIE III

Chapitre 27

Lorsque je revins de la Poste, je vis qu'Art ne s'était pas remis à son travail. Il était toujours assis sur le canapé en train de sucer une pastille blanche avec frénésie, ce qui signifiait sans aucun doute qu'il était à nouveau plongé dans une réflexion profonde. Toutefois, son regard inhabité m'inquiéta un instant. Je décidai de briser le vide temporel dans lequel il s'était plongé.

— Tout va bien, Art ?

— Ah, Bobby ! me répondit-il en sursautant. J'étais dans mon palais mental en train de réfléchir à ce Giuseppe Paricati. Quel ignoble et terrifiant personnage. Sa descendance a visiblement hérité de tous ses attributs sanguinaires et diaboliques. Nous devons procéder avec prudence.

— Avez-vous une idée derrière la tête ? lui demandai-je.

— Hum... Nous devons retrouver ce descendant et pour cela, nous devons déjà l'identifier. J'ai une petite idée, dit-il avec malice. Avez-vous déjà entendu parler des mormons, Bobby ?

— C'est une sorte de religion avec une communauté assez importante aux États-Unis ? Hum... Mais quel est le lien avec notre affaire ?

— Exactement, Bobby, les mormons sont un mouvement religieux surtout présent outre-Atlantique et je crois qu'ils vont pouvoir nous aider dans notre enquête !

— Je ne vous suis pas, Art, lui lançai-je, interloqué. Nous allons nous rendre au pays de l'oncle Sam ?

— Non, Bobby, mais figurez-vous que les mormons ont constitué au fil des années la base généalogique la plus importante de tous les temps !

Je compris enfin où Art voulait en venir et mes yeux s'illuminèrent.

— S'il y a bien un endroit où l'on doit pouvoir trouver la généalogie de la famille Paricati, c'est dans leur immense base de données ! continua-t-il. Ainsi, nous pourrions établir avec précision la descendance de Giuseppe Paricati.

— Je me demande souvent où vous puisez toutes ces connaissances, Art, lui dis-je avec un certain étonnement mais aussi un peu d'admiration.

— Bobby, l'âge rend plus sage et plus instruit. Et depuis que j'ai découvert ces pastilles Vichy chez Monsieur Artipiac, mon cerveau est en ébullition constante !

— Les mormons disposent-ils d'un centre à Paris où nous pourrions consulter cette base généalogique ? lui demandai-je alors naïvement.

— Ah ça, je n'en sais rien, voilà toute la limitation de mon savoir, me répondit-il avec ignorance.

— J'ai compris, Art, je vais chercher et me renseigner, lui répondis-je, sachant que c'était ce qu'il attendait de moi.

— Merci, Bobby ! Dès que vous aurez du nouveau, sonnez-moi.

Puis Art, qui avait fini de sucer sa pastille blanche, se leva et repartit peindre le portrait de Kelly qui l'attendait. Un ronronnement se fit entendre. Je commençai alors des recherches, en quête d'un établissement mormon à Paris.

— Art, lui lançai-je enfin à haute voix à travers l'entrepôt, ce n'est pas à Paris que nous aurons notre réponse mais dans la banlieue ouest parisienne, près de Versailles où un important temple mormon y a été édifié.

— Ah Versailles... me lança Art en retour, d'abord le roi Soleil, puis les mormons ! Splendide !

Je me rapprochai d'Art afin d'arrêter de m'égosiller.

— Je m'y rendrai demain matin, lui dis-je.

— Excellente idée, Bobby. Pensez-vous pouvoir vous y rendre seul ? J'ai bien peur de ne pas être le plus saint des hommes et me rendre dans un lieu si... Enfin, vous comprenez !

Je ris avant de confirmer à Art que je m'y rendrai sans lui afin qu'il puisse poursuivre sa divine entreprise kellynesque.

Un peu plus tard dans la soirée, je retrouvai Victoria. Nous nous étions donné rendez-vous dans le petit square en face de chez moi dans la nuit glaciale, sous la lumière chaude du réverbère qui éclairait l'entrée principale. J'avais réservé deux places pour la représentation du Malade imaginaire de Molière à la Comédie Française mise en scène par la très célèbre Christiane Hicq. La critique était excellente et je m'étais dit qu'un peu de légèreté dans cette atmosphère lourde qui nous embrassait depuis plusieurs semaines ne pouvait que nous faire du bien. Le comique burlesque de la pièce avait été poussé dans ses moindres retranchements. L'ultime scène où le protagoniste, Argan, est intronisé médecin dans une bouffonnerie délicieusement grotesque avait rendu le public hilare. Nous avions tant applaudi les comédiens que nous en avions eu mal aux mains.

— Si seulement toute cette affaire Artipiac ne pouvait être qu'une farce inventée par Molière lui-même... me glissa Victoria en posant délicatement sa tête dans le creux de mon épaule, en sortant du théâtre.

Puis nous nous engouffrâmes dans la rue de Rivoli, passâmes devant le Louvre endormi à cette heure-ci de la nuit et marchâmes vers l'est dans la pénombre de la nuit. La lumière des réverbères rendait difficile l'observation des étoiles dans le ciel qui paraissaient alors éteintes. Mais je possédais mon petit secret pour les admirer. Nous arrivâmes enfin chez moi, la peau raffermie par le froid sec de l'hiver. Nos joues étaient rosies. J'embrassai tendrement les lèvres tièdes de Victoria qui semblaient contenir, à elles seules, toute la chaleur du monde.

— Veux-tu voir les étoiles ? lui glissai-je.

Elle hocha doucement sa tête en signe d'approbation. J'éteignis alors la lumière de ma chambre. Je poussai le rideau de ma fenêtre vers le mur autant que je le pus et j'ouvris en grand la fenêtre. Un souffle glacial vint agresser nos visages. Victoria vint se blottir contre moi, près de la fenêtre. À cette hauteur, les réverbères ne semblaient plus pouvoir rivaliser avec les quelques astres lumineux de la nuit. Nous observâmes un moment les étoiles qui avaient pointé leur nez dehors. Je ne saurais dire combien de temps nous sommes restés là dans la pénombre et dans le froid. Je refermai enfin la fenêtre pour ouvrir le cœur de Victoria. Dans une gracieuse mise en scène, les draps de mon lit vinrent caresser nos peaux et nos mains vinrent danser le long de nos corps réchauffés.

Au petit matin, après que Victoria me quitta dans une dernière valse afin de retourner à ses livres, je me préparai en vue de me rendre dans ce lieu de culte qui, j'espérais, me dévoilerait la généalogie de la lignée de Giuseppe Paricati. Je me rendis à la gare Saint-Lazare et pris le premier train pour Versailles. J'arrivai en milieu de matinée devant le temple mormon. L'édifice était bien plus impressionnant que je ne l'avais imaginé. Son architecture faisait écho à un certain orientalisme, du moins d'après mon interprétation. Ce monument aux pierres blanches comme les sables les plus clairs était parcouru d'ouvertures et de vitraux aux formes courbes et voluptueuses. Je passai alors la porte d'entrée et me présentai à l'accueil. L'intérieur était aussi blanc et lumineux que l'extérieur. Je demandai à la dame qui se trouvait à l'accueil s'il était possible de rencontrer le référent en généalogie de l'établissement. Elle me fit patienter quelques minutes puis revint avec un monsieur de taille moyenne et à la tenue évangélique. En prononçant un nombre de mots minimum, il me pria de le suivre. Ce que je fis dans le silence le plus total. Alors que je le suivais vers la section de généalogie de l'édifice, du moins c'est ce que je supposais, je fus frappé par la clarté et la luminosité à l'intérieur de l'ensemble du bâtiment. Toute cette lumière me provoqua des maux de tête. Nous arrivâmes enfin dans une pièce qui ne manqua pas de me déconcerter. Les murs étaient d'un blanc immaculé et rien n'y était accroché. Aucun meuble, aucune étagère non plus. Au milieu de la salle trônait seulement une table blanche et deux chaises blanches elles aussi. Le blanc n'avait alors jamais eu une place si importante dans ma vie. L'homme qui m'avait accompagné dans le silence depuis l'entrée s'assit et me pria d'en faire de même. Il alluma la volumineuse machine qui se trouvait sur la table. C'était le seul objet qui y avait été déposé. L'écran noir de l'instrument s'alluma et je vis une barre de progression verte se remplir. La ventilation du dispositif soufflait un air chaud, comme pour réchauffer l'atmosphère froide de la pièce.

— Il faut compter trois minutes et cinquante-trois secondes pour que la machine s'allume, me prévint-il.

— Très bien, je ne suis pas pressé, lui répondis-je compréhensif.

— C'est la première fois que vous venez ici ?

— Oui, lui répondis-je.

— Vous devrez remplir un questionnaire alors.

— D'accord, répondis-je en essayant de cacher ma perplexité.

La machine finit enfin par s'allumer. L'individu rentra alors un identifiant et un mot de passe. Un nouvel écran noir apparut, avec une barre de progression encore une fois.

— Deux minutes seize, dit-il mécaniquement.

Je compris que c'était le nouveau temps à attendre. Tout était très précis, me dis-je. Un écran s'alluma enfin sur lequel une barre de recherche unique apparaissait.

— Voici Genigma, la plus puissante base de données généalogique au monde, me dit-il alors.

— Je suis venu pour chercher...

— Il faut remplir le questionnaire d'abord, me coupa-t-il.

Il cliqua sur un bouton situé à droite de la barre de recherche de son outil.

— Sans cette étape, vous ne pourrez pas accéder à la base de données, précisa-t-il.

Une fenêtre grise apparut sur la totalité de l'écran. Je vis en haut inscrit "Questionnaire d'identification et candidature d'accès à la base des données généalogiques Genigma".

— Candidature ? laissai-je échapper à mi-voix.

— À l'issue des réponses à ce questionnaire, un algorithme détermine si vous pouvez accéder à la base généalogique, me répondit-il platement.

Je déglutis et un filet de sueur parcourut mon front. Je devais réussir ce test. Je cliquai alors sur "commencer" et une série de questions se mit à défiler sous mes yeux. J'eus besoin de plusieurs minutes pour répondre à cet examen complet. Je cliquai enfin sur "valider" et une nouvelle barre de progression verte apparut devant mes yeux.

— Une minute quarante-sept, me lança-t-il alors.

Le stress m'avait envahi et j'eus l'impression d'attendre les résultats d'un concours d'État. Soudain un bip se fit entendre. Je regardai l'écran et vis "Validation du dossier, accès à la base généalogique Genigma autorisé". Je poussai un léger soupir de soulagement et tous les muscles de mon corps se détendirent d'un coup.

— Vous disposez de quinze minutes pour faire vos recherches, me dit-il alors. Le système se débranchera automatiquement dès que ce temps sera écoulé. Je viendrai alors vous chercher.

Puis, l'homme de taille moyenne se leva et quitta la salle me laissant seul dans cette clarté éblouissante. Un compte à rebours s'était affiché en haut de l'écran. Il ne me restait déjà plus que quatorze minutes et vingt-trois secondes. Je tapai alors "Giuseppe Paricati" dans la barre de recherche et appuyai sur la touche entrée du clavier. Le message "aucun résultat" apparut. Un sentiment d'angoisse me prit. Je vérifiai alors ma recherche et me rendis compte que j'avais mal orthographié Paricati. Je tapai à nouveau ma recherche correctement orthographiée cette fois et pressai le bouton "entrée". J'atterris soudainement sur une nouvelle page et vis se dessiner un arbre généalogique devant mes yeux grands ouverts. Giuseppe Paricati était né le 16 juillet 1865 à Milan et était décédé le 12 septembre 1960 à Côme en Italie. Je remarquai tout de suite que la lignée de Giuseppe Paricati était peu nombreuse et fragile. En effet, Giuseppe n'avait eu qu'un seul fils, Livio, né en 1902 et décédé en 1946. Enfin, Livio n'avait lui aussi eu qu'un seul fils, Angelo, né en 1945 au sortir de la Seconde Guerre Mondiale.

— Angelo Paricati..., murmurai-je à haute voix.

L'horloge du compte à rebours n'affichait plus que trois minutes et neuf secondes. Je notai alors toutes les informations relatives à la généalogie de Giuseppe Paricati. Le temps que je finisse de tout consigner dans mon carnet, l'écran s'éteignit tout à coup et devint noir. Je compris que ma session était terminée et que le monsieur qui m'avait emmené jusque dans cette pièce n'allait pas tarder à arriver.

— Votre session est terminée, veuillez me suivre, dit-il alors en franchissant le pas de la porte.

Je le suivis jusqu'à la sortie et la porte d'entrée du temple se referma derrière moi peu de temps après.

Chapitre 28

Lorsque je revins à l'entrepôt, l'après-midi était déjà bien entamé. Art peignait fougueusement. Le sol sous son chevalet avait reçu à peu près autant de peinture que la toile sur laquelle commençait à se former la silhouette renflée de sa chatte Kelly.

— Angelo Paricati ! lançai-je ardemment à Art. Il est l'unique héritier vivant de Giuseppe Paricati !

— Bravo Bobby !

Je pris alors place dans le canapé de la verrière pour souffler un peu et me reposer. Soudain, un peu plus tard, la tôle de la porte d'entrée de l'entrepôt raisonna de plusieurs vibrations assourdissantes.

— Vous attendez quelqu'un, Art ?

— Pardi, non !

Nos regards stupéfaits se croisèrent. J'entrepris alors de me rendre jusqu'à la porte d'entrée. La vitre de verre flouté laissait transparaître une silhouette impossible à reconnaître. Un frisson parcourut mon échine. Art s'était faufilé en embuscade derrière moi. Je le regardai et compris dans son regard qu'il fallait ouvrir cette porte. Je commençai par ouvrir les deux verrous que nous maintenions fermés. Puis je posai ma main moite sur la poignée de la porte. Je commençai enfin à la faire tourner sur elle-même. Quand le loquet de la serrure fut sorti de son emplacement, je tirai doucement la porte vers moi et vis alors la silhouette de l'homme se dessiner très nettement devant mes yeux et ceux d'Art perchés au-dessus de mon épaule.

— Bertrand ?! m'exclamai-je stupéfait en le dévisageant.

— Pour vous servir, Monsieur, répondit-il avec son élégance habituelle.

Je distinguai alors l'imposante Rolls-Royce noire de Monsieur Froschauer, stationnée dans la rue juste devant l'entrepôt. Elle brillait comme un diamant au milieu d'une mine de charbon.

— Dès que Monsieur Froschauer a reçu votre lettre, il m'a envoyé vous chercher en urgence. J'ai roulé du plus vite que j'ai pu. Nous devons partir maintenant. Monsieur Froschauer vous attend dans sa villa au bord du lac.

— Mais nous n'avons pas fait notre valise, répondit Art sans réfléchir.

— Vous aurez à votre disposition tout ce dont vous aurez besoin, nul besoin de vous inquiéter des questions matérielles, cher Monsieur, répondit Bertrand à Art.

Je fis un clin d'œil rassurant à Art qui signifiait qu'il pouvait faire confiance à Bertrand et par-dessus tout, à Monsieur Froschauer.

— Donnez-moi cinq minutes, Bertrand, lançai-je.

Je courus rapidement vers l'entrepôt. Je m'assis derrière le bureau de Monsieur Artipiac et commençai à écrire un court mot à Victoria.

Victoria,

Nous partons expressément rejoindre Monsieur Froschauer en Suisse avec Art. Bertrand est venu nous chercher, chargé de cette mission, et vient juste d'arriver à l'entrepôt de Monsieur Artipiac. Je ne sais pas pour combien de temps nous serons partis. La fin de cette terrible affaire semble proche. Nous ferons très attention. Nous partons tout de suite.

Fais attention à toi. Je te donnerai des nouvelles dès que je le peux.

Je t'aime.

Ton petit Monte-Cristo

J'eus fini de rédiger ce message en si peu de temps que Bertrand et Art me virent déjà revenir vers eux.

— Pourrions-nous passer par cette adresse sur la route, Bertrand, s'il vous plaît ? lui demandai-je en lui tendant l'adresse de Victoria que j'avais écrite sur un petit morceau de papier.

— Bien sûr, Monsieur, répondit-il.

Nous vêtîmes nos épais manteaux d'hiver avec Art puis nous fermâmes à clé l'entrepôt. Bertrand nous ouvrit alors la portière arrière droite de la limousine. Art s'enfonça dans cet habitacle luxueux et vint s'installer derrière la place de Bertrand. Je vins quant à moi m'installer contre la portière droite. Les larges et confortables fauteuils en cuir marron venaient nous envelopper agréablement.

— Nous sommes partis, Messieurs, dit alors Bertrand en allumant le moteur de la voiture qui poussa un rugissement félin.

— Ça alors ! laissa échapper Art.

— En route, lançai-je à mon tour.

Nous sortîmes rapidement de Paris et rejoignîmes l'autoroute qui allait nous mener jusqu'à la villa d'Hermann.

— Barbizon ! murmura soudainement Art alors qu'il venait d'apercevoir le panneau de sortie sur le bord de la route. Vous souvenez-vous de cette nuit, Bobby, où nous avons joué les apprentis cambrioleurs en pénétrant par effraction sur la péniche de ce cher monsieur Artipiac ?

— Je me souviens aussi bien de la péniche que de la route nocturne que nous avons dû emprunter dans votre pot de yaourt ! lui répondis-je.

— Il est vrai, je le reconnais, que mon pot de yaourt n'est pas aussi confortablement lacté que cette cabine de première classe, me répondit-il en caressant la banquette en cuir de sa main de velours.

La route se poursuivit sans encombre et dans le confort le plus absolu. Bertrand était un conducteur d'élite, à n'en pas douter.

— Nous arriverons à la villa dans un peu moins de deux heures, nous informa Bertrand alors que nous venions de bifurquer plein est au niveau de la ville de Mâcon.

Nous passâmes la ligne frontalière de la douane vers vingt heures. La nuit était tombée depuis un moment. Seules les étoiles illuminaient désormais le ciel. Nous arrivâmes chez Monsieur Froschauer à peine trente minutes plus tard. Lorsque nous dépassâmes le grand portail d'entrée, je reconnus le crissement des pneus de la Rolls-Royce s'enfonçant paisiblement dans les gravillons parfaitement arrangés de la grande allée qui menait jusqu'à la villa. Bertrand tourna la clé puis le rugissement du moteur s'arrêta. Il était temps pour ce lion d'acier de se reposer aussi. Nous n'eûmes pas le temps d'ouvrir la portière que Bertrand s'était déjà précipité dehors pour le faire. Je sortis le premier, suivi d'Art. Hermann Froschauer nous attendait fièrement sur le perron de sa villa, comme une statue majestueuse se dressant devant nous.

— Bienvenue, chers amis, lança-t-il avec hâte.

— Bonsoir Hermann, lui lançai-je.

— Bonsoir très cher Monsieur Froschauer, je m'appelle Arthur Kartman. Mais appelez-moi Art, en prononçant le t. Je vous remercie pour cette hospitalité d'une finesse si attentionnée, dit à son tour Art qui en faisait trop comme à son habitude.

— Enchanté cher Art, répondit Hermann affichant alors un large sourire. N'en faites pas tant je vous prie, vous allez me gêner. Et appelez-moi Hermann désormais. Soyez ici comme chez vous.

Puis il nous invita à le suivre dans sa vaste demeure. Art me lançait de grands regards, ébahi de se retrouver dans un tel lieu. Nous arrivâmes dans la salle à manger qui m'était à présent familière. La table avait été dressée pour trois couverts, face au lac Léman et à ses montagnes. Nous pouvions admirer de ce point de vue la Lune qui se reflétait sur le lac. Hermann nous invita à prendre place. Je vis que le regard d'Art se perdit dans cette accumulation d'assiettes, de couverts et de verres. Ses yeux brillaient autant que l'argenterie des couverts posés sur la table. Bertrand apporta les entrées et Monsieur Froschauer engagea la conversation.

— Merci pour votre lettre, me dit Hermann en me regardant. Je n'ai pas hésité une seule seconde en la lisant pour envoyer Bertrand vous chercher au plus vite. J'ai trouvé la localisation de la demeure Paricati et tout indique qu'elle est habitée par la personne que nous recherchons.

Je commençai alors à expliquer à Hermann ma singulière visite dans le temple mormon.

— Cela concorde avec mes recherches, nous confirma Hermann. C'est la seule adresse appartenant à un Paricati que j'ai trouvée. Il semble évident qu'Angelo Paricati réside dans cette villa au bord du Lac de Côme.

— Au bord du lac de Côme en Italie ? releva Art.

— Tout à fait, cher Art. Et nous allons nous y rendre. Mais avant cela, nous devons faire une halte stratégique, reprit-il.

— Une halte stratégique ? l'interrogeai-je à mon tour.

— Oui. La Villa Paricati est une immense bâtisse sise sur le bord du lac de Côme. Elle fut construite par le grand-père du Duc de Paricati. La richesse de cette famille leur permit de construire un édifice luxueux, très bien protégé et à l'abri des regards. Grâce à mes recherches, je sais que l'architecte qui édifia cette bâtisse n'est autre que Giuseppe Piermarini, l'une des figures du néoclassicisme italien les plus réputées de son temps.

Je remarquai alors que nous nous nourrissions davantage du récit d'Hermann que des délicieux mets qui nous avaient été servis.

— Et nous aurons une longueur d'avance sur Giuseppe Paricati, poursuivit Hermann. En effet, Giuseppe Piermarini enseignait l'architecture à l'Académie des Beaux-Arts de Brera à Milan. L'ensemble des plans des villas réalisées par le maître du néoclassicisme est conservé dans les archives de l'Académie. C'est pourquoi nous nous rendrons à Milan dès demain avant de nous rendre sur les rives du lac de Côme.

— Incroyable ! laissa échapper Art qui maintenait sa fourchette suspendue dans les airs.

— Incroyable non, cher ami. Même avec les plans de Piermarini, accéder à la villa ne sera pas des plus aisés.

— Pensez-vous que nous pourrons facilement accéder aux archives de l'Académie de Brera ? demandai-je alors à Hermann.

— Mes nombreuses relations établies ici et là dans le cadre de mes recherches historiques nous seront bien utiles, me répondit-il en esquissant un sourire. Sans compter que j'ai déjà travaillé une ou deux fois par le passé avec l'Académie de Brera.

Nous profitâmes de la pause faite par Hermann pour rattraper le retard que nous avions pris et avalâmes rapidement les entrées délicieusement préparées. Une ribambelle de plats plus fins les uns que les autres se succédèrent alors jusqu'au dessert. Art eut l'occasion d'expliquer son activité de peintre portraitiste à Hermann qui montra beaucoup d'intérêt pour son travail passionné. Ils discutèrent de la représentation de l'art animalier à travers les siècles. Après le dîner, Hermann voulut faire visiter sa collection privée de manuscrits anciens à Art qui fut subjugué par ce qu'il découvrit, tout comme je le fus lors de ma première visite chez monsieur Froschauer. Hermann passa un certain temps à dénicher çà et là quelques ouvrages qui expliquaient la représentation animale dans l'art depuis l'Antiquité. Art fut particulièrement intéressé par l'ouvrage intitulé *La représentation du chat dans les Arts de l'Egypte ancienne à nos jours*, si bien que Monsieur Froschauer lui prêta bien volontiers l'ouvrage pour la nuit. Enfin, Hermann nous conduisit chaleureusement à nos chambres. J'occupais la même chambre que les deux premières fois. Art occupait une chambre voisine de la mienne. La nuit était déjà avancée et puisque nous partirions de bonne heure le lendemain matin, Hermann nous souhaita une bonne nuit. Avant de me coucher, je m'assis au bord de la petite table placée dans ma chambre face à ma terrasse privative et je commençai à écrire une lettre à Victoria.

Ma Victoria,

C'est la deuxième lettre de la journée que je t'écris mais tu recevras sûrement celle-ci demain ou après-demain. Je t'écrirai désormais chaque jour afin de te tenir au courant de nos avancées.

Nous sommes bien arrivés en Suisse au bord du lac Léman chez Monsieur Froschauer avec Art. Nous fûmes accueillis comme si nous étions des convives de première catégorie. La soirée fut délicieuse. Nous partons demain matin pour Milan où nous nous rendrons à l'Académie des Beaux-Arts de Brera afin de découvrir les plans de la villa Paricati construite sur les rives du lac de Côme. Nous pensons qu'Angelo Paricati, l'homme que nous recherchons désormais, y vit. C'est donc ici qu'il nous faudra le trouver. Mais pour cela nous devons procéder intelligemment afin de pénétrer chez lui. Voici donc le but de notre halte milanaise.

Je t'écrirai demain. Je pense fort à toi. Je t'aime.

Ton petit Monte-Cristo

Chapitre 29

Le petit-déjeuner fut servi à sept heures trente dans la salle à manger. Nous nous y retrouvâmes avec Art. Monsieur Froschauer ne s'y présenta pas.

— Bien dormi, Art ?

— Comme une marmotte helvète ! Ma nuit fut exquise, Bobby. Et vous ?

— Pas aussi bien que vous, je n'ai pu m'empêcher de réfléchir à ce qui nous attendait...

— Reprenez un peu de café, Bobby, cela vous ragaillardira ! me lança Art.

Bertrand pointa son nez dans la salle à manger à huit heures.

— Quand Messieurs seront prêts, Monsieur Froschauer vous attendra en voiture, dit-il de sa voix impeccablement policée.

— Nous sommes prêts ! s'exclama Art en se levant.

Je lui jetai un regard encore un peu endormi puis bus rapidement les dernières gorgées de café qu'il me restait et me levai, lui enclenchant le pas.

— Allons-y, dit alors Bertrand.

Nous nous retrouvâmes quelques minutes plus tard dans le vestibule d'entrée où nous nous parâmes de nos épais manteaux hivernaux. Lorsque Bertrand ouvrit la porte d'entrée afin que nous gagnassions l'embarcation motorisée de première classe de Monsieur Froschauer, nous entendîmes le ronronnement du moteur qui avait déjà été allumé. J'aperçus aussi qu'Hermann s'était déjà installé sur le siège passager avant de la voiture. Dès qu'il nous vit, il nous adressa un sourire à travers la vitre de sa fenêtre. Puis une fois installés à l'arrière avec Art, Hermann s'adressa à nous.

— Nous y serons d'ici quatre heures et trente minutes si tout se passe bien.

La route se passa sans encombre confortablement assis dans le luxueux habitacle de l'automobile de Monsieur Froschauer. Nous arrivâmes dans la banlieue de Milan au bout de quatre heures de route. Art s'était endormi sur la dernière partie du trajet que nous venions d'effectuer. J'aurais bien aimé pouvoir en faire de même afin de rattraper ma nuit trop courte mais je ne pus que penser à tout ce qui nous attendait et à Victoria. J'espérais qu'elle ne s'inquiéterait pas plus qu'il n'en faut. Bertrand nous déposa devant l'Académie des Beaux-Arts de Brera à midi vingt. Il stationna un instant la Rolls-Royce devant l'entrée du bâtiment et sortit diligemment de l'automobile pour aller ouvrir la porte de Monsieur Froschauer. Une fois que nous fûmes tous les trois sortis, Bertrand nous indiqua où le retrouver après notre visite académique. L'Académie de Brera était un bâtiment imposant principalement composé de briques rouges. Les rayons du soleil avaient délavé la couleur verte des volets clos des fenêtres du premier étage. Nous nous enfonçâmes alors sous le large porche d'entrée et arrivâmes dans une vaste cour d'honneur.

— Chers amis, voici le dernier travail du grand Ricchini, nous expliqua alors Hermann en nous montrant la cour intérieure de ses mains. Nous sommes ici dans l'archétype même de la cour lombarde avec double loggia.

La cour était effectivement entourée de deux étages de loggia et était composée de magnifiques arcades soutenues par des colonnes paires. Au milieu de la cour du palais trônait impérialement la statue de Napoléon réalisée par Antonio Canova. Nous traversâmes cette dernière et suivîmes Hermann pour qui le lieu n'avait visiblement aucun secret. Puis nous passâmes une porte pour enfin arriver dans une petite pièce sans faste apparent. Un monsieur était assis derrière un bureau. Hermann, qui parlait un italien parfait, entreprit une conversation avec lui.

— Bonjour Monsieur, dit-il aimablement. Nous venons consulter les archives d'architecture de l'académie.

— Avez-vous une carte d'historien ? lui demanda-t-il.

Hermann sortit alors de son portefeuille une carte dont je ne pus distinguer les informations qu'elle comportait, qu'il tendit à l'individu. Après l'avoir examinée, ce dernier la lui rendit.

— Tout au fond à gauche, puis prenez l'escalier pour descendre au premier sous-sol. Ce n'est pas très bien indiqué, s'excusa-t-il comme s'il en était le responsable.

— Grazie mille Signore ! répondit Hermann.

Puis nous nous engageâmes dans le couloir qu'il venait d'indiquer à Hermann. Nous trouvâmes sans difficulté la salle des archives au premier sous-sol. Nous fûmes tous les trois accueillis par un jeune homme qui était peut-être encore étudiant à l'Académie des Beaux-Arts. Comme nous ne parlions pas un mot d'italien avec Art, nous laissâmes Monsieur Froschauer engager et mener les conversations.

— Bonjour jeune homme, nous travaillons sur la production d'un ouvrage historique relatif à l'architecture néoclassique italienne. Pourriez-vous nous indiquer la section architecture des archives s'il vous plaît ? demanda alors Hermann à la jeune personne en lui tendant sa carte d'historien.

— Bien sûr, Monsieur. Veuillez me suivre, je vais vous indiquer les rayonnages où vous pourrez effectuer vos recherches.

Nous suivîmes alors Hermann et le jeune homme qui avaient entamé une conversation dont nous ne comprenions bien sûr pas un mot. Nous nous arrêtâmes enfin devant une section regorgeant d'étagères qui pliaient légèrement sous le poids des manuscrits nombreux. Des meubles à tiroirs se trouvaient sous les étagères.

— Vous trouverez les plans réalisés par les différents architectes dans ces grands tiroirs, précisa l'individu à Hermann. Ils sont classés par noms et par périodes. Toutes les informations importantes sont notées sur les étiquettes collées sur le devant de chaque tiroir.

Hermann remercia notre guide qui repartit ensuite à ses occupations.

— Nous recherchons les plans de Giuseppe Piermarini, nous rappela Hermann. Il est né en 1734 et mort en 1808.

— Entendu mon Général, lança Art d'une intonation militaire.

Nous nous étions réparti ce travail de recherches. Inutile de préciser que l'Italie avait été à l'avant-garde de l'architecture pendant de nombreux siècles et que la section architecture des archives de l'Académie de Brera était largement fournie.

— Je l'ai trouvé ! lançai-je soudain, après plusieurs minutes d'investigation.

Monsieur Froschauer et Art accoururent vers moi. Je venais d'ouvrir le troisième tiroir du meuble en face duquel je me trouvais. D'innombrables plans reposaient tapis dans l'ombre, séparés par des feuillets délicats presque transparents. Les plans des différents ouvrages réalisés par Giuseppe Piermarini étaient dessinés sur de très larges feuilles de papier jauni par le temps. Après avoir fait délicatement défiler de nombreuses feuilles entre mes mains, je mis le doigt sur ce que nous étions venus chercher : les plans de la Villa Paricati. J'attrapai précautionneusement ces plans et vins les poser sur une table d'étude non loin de là. La villa disposait de deux étages au-dessus du rez-de-chaussée. Le rez-de-chaussée était principalement destiné aux réceptions puisqu'il était parcouru de larges salons traversants et communiquant entre eux. Une grande galerie traversait tout le premier étage en son centre et ouvrait sur six pièces réparties de part et d'autre de celle-ci. Soudain mon regard se figea sur l'une d'entre elles.

— Biblioteca, dis-je à haute voix, en lisant l'inscription que je venais de voir sur le plan.

— C'est ici qu'Angelo Paricati doit conserver l'ouvrage d'Albertus Fudge ! nous murmura Hermann.

La bibliothèque était située dans l'angle nord-ouest de la villa. Le second étage de la villa quant à lui était destiné au logis des hôtes, c'est-à-dire aux chambres. Enfin, tout en bas du plan, le sous-sol avait été détaillé par l'architecte. C'est ici que se trouvaient la cuisine et les quelques pièces destinées au travail du personnel de maison. Le doigt d'Hermann vint se poser sur cet étage inférieur. Il était précisément posé sur une ouverture du sous-sol qui donnait sur le bas-côté du jardin en pente.

— C'est probablement par ici qu'il faudra pénétrer dans la villa, nous lança-t-il sans détailler davantage sa pensée pour le moment.

Monsieur Froschauer sortit alors de la mallette en cuir qu'il avait emportée avec lui un petit carnet dont de nombreuses pages avaient déjà été griffonnées. Il l'ouvrit sur une page vierge et commença à recopier les plans des différents étages de la demeure. Art regardait Hermann dessiner avec des yeux interloqués, ce qui ne manqua pas de lui échapper.

— Je parcours le monde depuis des décennies muni de ce carnet. Parfois les écrits que je recherche sont gravés dans la pierre de monuments que je ne peux emporter avec moi. Il faut donc que je les recopie. C'est ainsi que par la force des choses j'ai appris à dessiner, nous confia-t-il avec un ton paternel.

Quelques minutes plus tard, Hermann eut fini de recopier l'ensemble des plans de la villa avec une grande précision. Je remarquai qu'il mit une emphase particulière sur quelques points précis de l'habitation.

— Nous en aurons besoin plus tard, nous dit-il avant de refermer son carnet et de le ranger dans son sac.

Nous remîmes alors les plans à leur place. Puis nous remerciâmes le jeune homme qui nous avait accueillis. Et peu de temps après, nous fûmes sortis de l'Académie de Brera.

— Mission accomplie ! lâcha Art soulagé.

Bertrand avait garé la Rolls-Royce deux rues plus loin. Il nous conduisit jusqu'à un restaurant qu'il avait réservé alors que nous étions dans l'estomac du monument.

Après le déjeuner, nous reprîmes la route en direction du lac de Côme cette fois-ci.

— Nous logerons ce soir à la Villa del Paldianello, nous indiqua Hermann. C'est un petit hôtel discret bâti sur un piton rocheux qui domine le lac. Nous aurons depuis ce lieu une vue splendide sur le lac, sur le village de Bellagio en face… et sur la Villa Paricati au loin.

Nos regards se croisèrent avec Art. À mesure que nous nous rapprochions de la Villa Paricati, je sentais mon estomac se nouer un peu plus. Nous arrivâmes à l'hôtel réservé par Hermann une heure et demie après avoir quitté Milan. Il était seize heures et bien que le soleil nous envoyât avec ardeur ses rayons, la chaleur avait du mal à se faire sentir à travers nos manteaux. Le réceptionniste nous installa dans nos chambres qui donnaient toutes sur le lac. La vue était magnifique. Mais je savais que nous n'allions pas pouvoir beaucoup en profiter.

— Retrouvons-nous dans un quart d'heure dans le salon du rez-de-chaussée, nous lança Hermann avant de disparaître dans sa chambre.

Nous nous retrouvâmes tous les trois à l'heure indiquée. Hermann s'était assis autour d'une table depuis laquelle nous pouvions admirer la vue sur le lac.

— Voici ce que nous allons faire, commença-t-il par nous dire avant de s'interrompre quelques secondes. Pendant que je vais étudier les plans de la Villa Paricati, vous allez vous rendre jusqu'à la demeure par la route. La bâtisse donne sur le lac, et la route surplombe la villa et ses jardins. Emportez avec vous ce carnet et notez tous les détails que vous remarquerez. Plus nous en saurons, plus nous aurons l'avantage sur cette partie finale que nous allons jouer face à Angelo Paricati.

— Sauf tout le respect que je vous dois, cher Hermann, lança alors Art, mais nous rendre à la villa Paricati dans votre superbe carrosse ne me semble pas l'option la plus discrète.

— Bien sûr, lui répondit-il en affichant un léger sourire. C'est pourquoi vous emprunterez une Vespa de l'auberge. Je me suis arrangé avec le réceptionniste.

— Votre intelligence vous précède, lui répliqua Art, alors vaincu par ce coup d'avance joué par Hermann.

— Quand partirons-nous, Hermann ? demandai-je alors.

— Dans cinq minutes. Vous devez vous y rendre tant qu'il fait encore jour. Puis vous y resterez tant que cela vous semblera utile. Vous devrez scruter tous les mouvements et allées et venues qui se passent à la Villa Paricati. Trouvez une cachette discrète. Vous n'aurez pas de mal à camoufler votre légère embarcation.

J'acquiesçai face à Hermann qui avançait les pions de cette partie tel un stratège militaire.

— Je vous attendrai ici, reprit Hermann. Nous dînerons à votre retour.

— Pourrons-nous déguster la fameuse missoltini di Como ? demanda soudainement Art, comme un enfant aurait demandé une glace à l'italienne à son grand-père pour le goûter.

Je lançai un regard à Art avant de lever les yeux au ciel, lui indiquant que ce n'était peut-être pas la préoccupation première du moment.

— Nous pourrons commander tout ce qui vous fera plaisir, cher Art, lui répondit Hermann en esquissant un sourire qu'il ne put refréner.

La Vespa verte olive avait été préparée et positionnée devant le perron du petit hôtel de charme. Nous enfourchâmes, Art et moi, le motocycle et nous engageâmes sur la route qui nous séparait de quelques kilomètres de la Villa Paricati. La route était bucolique et nous offrait tout du long une vue à couper le souffle sur le lac à droite et sur les montagnes enneigées au loin. Nous arrivâmes une quinzaine de minutes plus tard aux abords du long mur d'enceinte qui protégeait la demeure. Nous dépassâmes la propriété puis cachâmes notre engin au sein d'un taillis de végétation sur le bas-côté de la route. Nous marchâmes alors le long de la route pour revenir jusqu'au mur de la propriété. Il était relativement haut et très bien entretenu. Nous n'eûmes pas de mal à remarquer qu'aucune brèche n'avait été laissée béante, si bien que le seul moyen de pénétrer dans la propriété était d'escalader la paroi de pierres. Cependant la cime de la muraille était surmontée de fils barbelés aiguisés. Nous nous regardâmes avec Art et nous comprîmes qu'il serait bien plus ardu de nous introduire chez Angelo Paricati que nous ne l'avions fait dans le cimetière du Père-Lachaise.

— Nous devons trouver une cachette un peu en hauteur afin d'avoir une vue plongeante sur la villa et sur son activité, me lança alors Art.

Art avait raison. Si nous restions là à longer le mur, en plus de ne rien pouvoir apercevoir, nous risquions de nous faire repérer. Nous passâmes devant la haute grille d'entrée qui était infranchissable.

— Angelo Paricati vit dans une véritable forteresse, lançai-je à Art.

— Seuls ceux qui ont des choses à cacher vivent dans des forteresses, me répliqua-t-il implacablement.

— Nous en aurons bientôt le cœur net.

Art m'indiqua soudainement quelque chose de sa main. Je suivis son geste de mon regard englué et vis qu'il pointait un petit talus en surplomb de l'autre côté de la route.

— Allons-y ! me dit Art.

Nous traversâmes la route puis gravîmes une petite pente. Un buisson encore feuillu se trouvait à son sommet et je remarquai que nous pouvions nous installer derrière ce dernier sans que l'on nous remarquât depuis la route.

— Bien vu, Art ! le félicitai-je. Nous avons une vue plongeante à cent quatre-vingts degrés depuis ce promontoire et nous pouvons nous cacher derrière ce buisson pour ne pas être vus.

— J'ai toujours su qu'une carrière de commando aurait pu s'ouvrir à moi, me répondit-il convaincu. Mais au lieu de m'être mis au service de sa Majesté, je peins des chats, poursuivit-il songeur.

Nous nous installâmes ainsi derrière le bosquet et commençâmes à patienter en attendant de déceler de l'activité du côté de la Villa d'Angelo Paricati. Les minutes passèrent. Peut-être même une heure. Le soleil commençait à décliner et l'horizon à notre portée de vue s'assombrissait.

— Bobby, regardez ! me lança brusquement Art. Une voiture apparut dans l'allée de la villa et se dirigea vers la grande grille en fer forgé qui donnait sur la route.

Nous nous rapprochâmes du buisson, tapis près du sol, afin d'observer le véhicule s'apprêtant à sortir de la propriété. Lorsque la voiture passa la grille, je pus voir que le conducteur portait un uniforme de majordome.

— Peut-être le valet personnel d'Angelo Paricati ? demandai-je à Art.

— Sans doute, me répondit-il sûr de rien.

La voiture s'engagea sur la route et s'éloigna de la propriété. Nous décidâmes de rester cachés, là, derrière le talus. La nuit était maintenant tombée. Nous avions une vue plongeante sur le lac et sur la villa. Tout à coup, une lumière s'alluma au premier étage. De toutes les fenêtres de la villa, c'était la seule à renvoyer une lumière jaune.

— Art, avez-vous remarqué ?

— Quoi donc, Bobby ?

— La lumière provient de la bibliothèque selon le plan de la Villa de l'Académie de Brera, lui indiquai-je.

— Parbleu, vous avez raison !

— Ne trouvez-vous pas curieux que toute la demeure soit dans la pénombre, sauf cette pièce ?

— Soit tout le monde vit dans le noir, soit Angelo Paricati est le seul à habiter cette bâtisse, me répondit-il avec pragmatisme.

— Son majordome ne résiderait donc pas dans la villa avec lui ? demandai-je à Art.

— Attendons de voir s'il revient ou pas, me répondit-il.

Nous restâmes dans notre cachette deux heures de plus à attendre sans que rien de nouveau ne se passât. La lumière était toujours allumée dans la bibliothèque de la villa et le majordome n'était pas revenu.

— Pensez-vous que nous devons encore rester ? demandai-je à Art.

— Mon instinct primitif me dit qu'il ne se passera sans doute plus rien. Avez-vous pris des notes pour notre ami Hermann ?

J'acquiesçai puis, à tâtons, nous commençâmes à rebrousser chemin et redescendre vers la route dans la plus grande discrétion. Nous gagnâmes rapidement la cachette où nous avions mis notre motocycle. Nous l'enfourchâmes et attendîmes d'avoir largement dépassé la villa avant d'en allumer son unique phare.

Nous arrivâmes à l'hôtel quelques minutes plus tard. Hermann nous attendait assis autour de la même table que quand nous l'avions quitté quelques heures auparavant.

— Comment s'est passée votre mission ? nous demanda-t-il.

— Opération effectuée avec succès ! lança alors Art.

Nous nous assîmes autour de la table et alors que je commençais à faire le récit de cette opération, le couvert fut dressé avec la plus grande attention.

— Nous pensons qu'Angelo Paricati vit seul dans sa villa. À la tombée de la nuit, nous avons vu une personne quitter la propriété. Nous pensons qu'il s'agit de son majordome. Nous avons ensuite attendu plusieurs heures et il n'est pas revenu.

Je repris les notes que j'avais écrites afin d'être certain de n'omettre aucun élément.

— La missoltini, annonça le serveur en arrivant avec une assiette parfaitement dressée.

— C'est pour Monsieur, indiqua Hermann en pointant la place où siégeait Art qui afficha un large sourire.

Hermann nous félicita pour le travail accompli.

— En revanche Hermann, je ne vois pas comment nous allons nous y prendre avec Art pour pénétrer dans la propriété. Le mur d'enceinte est surmonté de barbelés tranchants et la grille d'entrée est infranchissable, lui dis-je un peu désemparé.

— Mais vous n'allez pas entrer par la route voyons, cela serait bien trop risqué, nous répondit le maître des opérations.

— Mais comment alors ?! lançai-je à l'unisson avec Art.

Hermann dirigea alors doucement sa main vers la fenêtre du restaurant.

— Par le lac, nous dit-il en chuchotant.

Hermann Froschauer commença alors à nous expliquer comment nous allions procéder afin de pénétrer dans la demeure d'Angelo Paricati. Son plan était méticuleux et construit avec une grande intelligence, ce qui ne m'étonna nullement. Une fois qu'il eût fini de nous relater le déroulement des opérations, nous poursuivîmes la soirée dans notre hôtel au bord du lac. Hermann nous raconta notamment comment lors d'une précédente expédition en Égypte il avait découvert un parchemin de seize mètres de long enfermé dans un sarcophage de la nécropole de Saqqarah. Le sarcophage parfaitement hermétique avait permis de conserver le document dans une qualité exceptionnelle. Ce papyrus était alors le plus long document découvert de tous les temps. Ses écrits comportaient des extraits du Livre des morts, un corpus de textes funéraires de l'Égypte antique, probablement produit vers 50 avant Jésus-Christ. L'espace d'un instant, la fantastique histoire de Monsieur Froschauer nous fit oublier avec Art toute cette terrible affaire dans laquelle nous étions plongés, si près des eaux profondes du lac de Côme. Nous regagnâmes enfin nos chambres en fin de soirée afin de nous reposer avant la trépidante journée du lendemain qui nous attendait. Je me mis alors à écrire la lettre quotidienne que j'avais promise à Victoria.

Ma Victoria,

J'espère que tu vas bien. Tu me manques.

Après un passage à l'Académie des Beaux-Arts de Brera à Milan pour récupérer les plans de la villa Paricati, nous avons gagné les rives du lac de Côme où nous logeons dans un charmant petit hôtel. Demain sera le grand jour. Nous nous rendrons dans la villa où vit Angelo Paricati. Nous percerons alors je l'espère les derniers mystères qui nous ont résisté jusqu'à présent.

Nous ferons très attention, je te le promets.

Je t'aime.

Ton petit Monte-Cristo

Chapitre 30

Nous passâmes la journée du lendemain à l'hôtel avec Art et Hermann. Art avait emporté avec lui son carnet de croquis et il dessina une grande partie de la journée, assis, engoncé dans son épais manteau, au bord du lac. Tantôt il croquait des chats qu'il imaginait. Tantôt il croquait le paysage majestueux qui se dressait fièrement autour de nous. Monsieur Froschauer quant à lui avait emporté deux ouvrages anciens, un sur l'égyptologie et un sur l'astrologie au Moyen Âge. Parfois il faisait une pause et s'asseyait non loin d'Art pour contempler le panorama grandiose qui se déversait devant ses yeux. Quant à moi, je n'eus la sagesse ni de l'un ni de l'autre et j'eus l'impression de passer cette journée à faire les cent pas. Les heures de cette journée me parurent décuplées. Nous dînâmes enfin d'un repas léger mais, inutile de le préciser, je ne pus avaler grand-chose. Il nous fallut encore attendre de longues minutes. Nous étions remontés dans nos chambres afin de nous reposer un peu avant cet assaut final. Soudain, à minuit, on frappa à ma porte. Je sursautai. J'allai ouvrir.

— Il est l'heure, cher ami, me dit alors Hermann.

Monsieur Froschauer toqua ensuite à la porte d'Art qui se mit au rapport en une fraction de seconde. Nous gagnâmes le rez-de-chaussée.

— Tout est prêt, Monsieur, dit le réceptionniste à Monsieur Froschauer.

Le réceptionniste saisit une lampe puis nous pria de le suivre. Nous enclenchâmes alors nos pas dans les siens. Nous sortîmes de la bâtisse. Le froid de l'hiver saisit nos peaux frêles. Nous empruntâmes un petit escalier de pierre, taillé dans le piton rocheux sur lequel reposait l'hôtel, qui nous emmena jusqu'au bord du lac. Une barque en bois munie de ses deux rames était accrochée à la rive par une corde.

— Voici votre embarcation, Messieurs, nous dit le réceptionniste avant de regagner les hauteurs du logis.

L'eau du lac était parfaitement calme. Une lampe avait été déposée à l'intérieur de l'embarcation. Les rayons de Lune adoucissaient l'obscurité environnante et nous laissaient apercevoir les formes autour du lac. J'enjambai la chaloupe d'un pas hésitant, l'estomac noué. Art me suivit d'un pas un peu plus assuré. Dès que son pied foula le plancher de la barque, cette dernière se mit à tanguer et je m'agrippai aussitôt à ses bords de mes deux mains. Monsieur Froschauer se tenait là sur la rive et nous regarda une dernière fois.

— Bon courage, mes chers amis. Vous savez ce qu'il vous reste à faire, nous dit-il de sa voix vaillante dans la pénombre, avant de remonter l'étroit escalier.

Nous adressâmes un signe à Hermann, puis Art, qui avait agrippé les rames, commença à les mouvoir dans l'eau noire du lac. La faible luminosité créée par la Lune était suffisante pour nous repérer. Nous avions la Villa Paricati en ligne de mire et nous avancions vers elle, lentement. Après nous être relayés à plusieurs reprises avec Art, nous arrivâmes enfin sur le rivage de la propriété. Toute cette traversée mouvementée par nos efforts répétés m'avait réchauffé. Lorsque nous atteignîmes la rive, Art sortit de l'embarcation pour venir l'attacher à un rondin de bois non loin. Nous prîmes ensuite soin de cacher la barque du mieux que nous le pûmes. Nous commençâmes alors à traverser le parc endormi dans les profondeurs de la nuit. Tels des chats, nos yeux s'étaient habitués à l'obscurité. Dès que nous fûmes à proximité de la demeure, Art marqua un arrêt un instant.

— Par la gauche, Bobby, me murmura-t-il.

Je suivis alors Art qui menait la marche avec sang-froid. J'enfonçai soudainement à l'improviste mon doigt dans son dos afin qu'il s'arrêtât un instant. Il se retourna vers moi et me regarda intrigué.

— Art, lui dis-je dans un chuchotement presque imperceptible, vous n'avez jamais peur ?

— Je ne montre jamais quand j'ai peur, me répondit-il en murmurant avant de se retourner et de poursuivre la mission.

Nous arrivâmes enfin à proximité immédiate de la villa où logeait Angelo Paricati. Avant de l'atteindre, nous nous cachâmes dans un petit buisson et Art reprit.

— C'est par cette porte que nous allons entrer, Bobby. Vous la voyez bien ?

J'acquiesçai puis Art enclencha à nouveau ses pas dans la direction de l'habitation. Quelques instants plus tard, nous nous trouvions devant cette entrée du sous-sol sur le bas-côté de la demeure. Je me rappelai tout à coup de l'annotation qu'Hermann avait faite sur le plan qu'il avait recopié sur son carnet. Nous étions tapis au plus près de cette porte. Art sortit alors de sa veste un petit outil métallique qu'Hermann avait dû lui donner. Il glissa l'instrument entre la serrure et l'interstice de la porte puis actionna son bras. Dans le silence absolu de la nuit, un bruit presque insignifiant se fit entendre. Je fus étonné de la douceur avec laquelle la porte céda et s'ouvrit devant nous. Nous pénétrâmes enfin dans la demeure. Nous nous retrouvâmes ainsi dans une petite pièce plongée dans l'obscurité. Après nous être assurés que nous étions bien les seules âmes de cette pièce, Art me fixa du regard.

— Formidable, cet outil dégoté par Hermann, me dit-il en chuchotant avant de le ranger dans sa veste. Nous sommes dans l'avant-cuisine, poursuivit-il. Nous allons passer dans la cuisine, puis nous emprunterons l'escalier qui permet de remonter à la surface, avant de gagner le premier étage et la bibliothèque...

Je fis un signe d'approbation de la tête dans un mutisme total. Je continuai de suivre Art qui menait l'opération avec beaucoup de professionnalisme. Nous traversâmes d'abord la grande cuisine comme il me l'avait indiqué. Les fours lourdement enfoncés dans le sol et les casseroles nombreuses suspendues au plafond nous regardèrent passer. Nous quittâmes la pièce puis nous retrouvâmes devant l'escalier qui montait à l'étage supérieur. La villa était plongée dans une torpeur imperturbable. Nous commençâmes alors notre ascension des marches en bois, à pas de velours. J'étais terrorisé à l'idée qu'elles pussent émettre un craquement inquiétant. Lorsque nous arrivâmes sur le palier du rez-de-chaussée, les rayons de Lune continuaient à nous fournir assez de lumière, si bien que nous n'eûmes pas besoin d'allumer la petite lampe que nous avions emportée. Ce palier ouvrait, comme l'indiquaient les plans, sur plusieurs salons disposés en enfilade. Art me lança alors un regard, qui pour la première fois semblait contenir un peu d'appréhension, et sans prononcer un mot, il pointa son index droit vers le plafond. Je compris immédiatement ce que cela signifiait : la phase finale de notre opération allait être enclenchée et que nous devions maintenant nous rendre au premier étage de la villa. Je sentis la salive descendre lentement le long de ma gorge à moitié sèche. L'escalier en pierre desservant les étages supérieurs se trouvait sur notre droite. Il contrastait indiscutablement avec le menu escalier en bois dédié au personnel que nous venions d'emprunter. Nous entreprîmes alors cette ascension. Marche après marche, l'épaisse tapisserie absorbait l'écho de nos pas. Nous foulâmes enfin le sol du premier étage. La galerie qui traversait la villa se trouvait alors face à nous. Les statues qui avaient été placées dans les alcôves nous fixaient de leur regard de marbre. La bibliothèque se situait tout au fond à gauche. Extrêmement précautionneusement, nous nous mîmes en marche dans sa direction. Lorsque nous nous trouvâmes devant la porte de la pièce, je remarquai que cette dernière n'avait pas été fermée mais simplement poussée. Aucune lumière n'était allumée. Le noir obscur de la nuit régnait toujours en maître des lieux. Nous avions bien fait attention et personne ne nous avait suivis. Je lançai alors un regard à Art et entrepris de pousser la porte de la bibliothèque vers l'intérieur de la pièce avec précaution de sorte qu'elle ne vînt pas frapper le mur dans un fracassement sonore. Lorsqu'elle fut ouverte, nous plongeâmes nos regards dans les entrailles de ce lieu. Nous nous y faufilâmes avant de repousser la porte telle que nous l'avions trouvée. La lumière naturelle de la nuit permettait d'imaginer les innombrables livres qui dormaient sur les étagères nombreuses. Une grande cheminée trônait adossée au mur gauche en entrant dans la pièce. Je m'avançai vers elle et remarquai que des cendres encore tièdes y étaient logées. Mon sang se glaça. Je le fis remarquer à Art dont le regard s'assombrit.

— Nous devons retrouver le manuscrit original de Fudge, me glissa-t-il dans un murmure presque imperceptible.

La luminosité naturelle n'était pas assez forte si bien que nous ne distinguions pas correctement les tranches des manuscrits. Art alluma alors la petite lampe et nous commençâmes notre recherche. Nous procédâmes avec méthode, balayant les étagères de gauche à droite afin de ne manquer aucun ouvrage. Soudain, un craquement se fit entendre dans la pénombre derrière nous. J'eus à peine le temps de me retourner qu'une voix s'éleva.

— Je vous attendais, vous en avez mis du temps.

Nous nous retournâmes avec Art. Mon cœur battait à tout rompre. La faible lumière de la lampe qu'Art tenait à la main éclairait difficilement la silhouette d'un homme qui tenait un pistolet pointé dans notre direction.

— Vous cherchez le manuscrit d'Albertus Fudge ? nous lança-t-il d'un rire grave et terrifiant.

Je vis Art passer sa main maladroitement à l'intérieur de sa veste.

— Si vous êtes armé, inutile de sortir une arme de votre veste, dit aussitôt l'homme à Art.

Art sortit prestement la main qu'il avait enfoncée dans son manteau.

— Vous êtes mes invités, nous lança-t-il alors. Veuillez prendre place dans le canapé en face de la cheminée.

Nous nous exécutâmes sans piper mot. Je pensai à ce qu'Art m'avait dit un peu plus tôt sur le fait d'avoir peur. L'hôte rechargea la cheminée d'un peu de bois puis la ralluma. Le feu prit rapidement, les braises encore chaudes avaient sans doute accéléré le processus. Puis il vint s'asseoir sur un fauteuil en face de nous dans la lueur de la flambée de la cheminée. Il saisit à nouveau son revolver, ce qu'il nous fit remarquer afin de dissuader toute tentative aventureuse de notre part.

— Vous êtes venus chercher le manuscrit original d'Albertus Fudge, n'est-ce pas ? reprit-il d'une voix qui s'était à nouveau assombrie, comme si l'écrivain maudit avait eu une emprise sur lui.

Nous nous lançâmes un regard avec Art.

— Ah ah ah, laissa échapper notre hôte, comme possédé. Pauvres idiots !

— Nous sommes en effet venus récupérer le manuscrit d'Albertus Fudge, entrepris-je de lui répondre.

— Ah ah ah, rit-il à nouveau. Le manuscrit de ce vieux fou...

— Où est-il ? me surpris-je à lui demander avec une force qui me soulevait de l'intérieur.

— Chers amis, si vous saviez... Le manuscrit de Fudge n'était pas dans la tombe d'Horace Pegasus ! s'exclama-t-il soudainement dans un excès de rage.

Nous nous regardâmes avec Art, interdits. Je crus à cet instant qu'il allait nous tirer dessus.

— J'ai passé ma vie à traquer cet Artipiac, ce cousin dont la lignée a souillé le nom de mon illustre famille... L'illustre famille Paricati ! Je n'aurais pas attendu si longtemps pour me débarrasser de lui si j'avais su, nous dit-il enragé. Le manuscrit d'Albertus Fudge ne s'y trouvait même pas.

— Pourquoi vouliez-vous absolument retrouver ce manuscrit ? demanda alors Art qui parlait pour la première fois depuis que nous avions rencontré notre hôte.

— Ah ah ah, tout ceci n'a désormais plus d'importance... Et puisque vous ne sortirez plus de cette demeure, nous lança-t-il en esquissant un sourire effrayant.

Mon estomac se noua un peu plus encore en entendant cela. Puis Angelo Paricati commença à parler.

— Durant l'été 1890, la sœur de mon grand-père Giuseppe, Elena, rapporta ce vaurien d'Albertus Fudge ici dans notre villa familiale. Il n'y passa qu'une courte partie de son été. En effet, dès qu'Elena eut le malheur de leur apprendre qu'elle attendait un enfant conçu avec cette vermine, mon arrière-grand-père le Duc de Paricati, mon grand-père Giuseppe et son frère Antonio entrèrent dans une rage folle. Fudge fut alors immédiatement chassé de la villa et Elena interdite de le revoir à tout jamais. Comment avait-elle ainsi osé souiller le nom Paricati, la plus grande famille marchande d'Italie du Nord. Mais la rage qu'Elena avait provoquée chez son père et ses deux frères ne s'estompa pas, bien au contraire. Dès qu'ils apprirent que Fudge avait rédigé un conte, *Les Trois Cheminées*, qui n'était autre qu'une vengeance manuscrite envers ma famille révélant un terrible secret qui la souillerait à tout jamais, ils forcèrent son éditeur, Horace Pegasus, à ne pas publier l'ouvrage. Toutefois, Pegasus, qui ne voulut pas déshonorer la promesse qu'il avait faite à Albertus Fudge de publier son ouvrage, choisit de publier malgré tout ce manuscrit dont il réécrivit le conte des Trois Cheminées afin de ne pas s'attirer encore davantage les foudres de ma famille. Fudge ne se remit jamais de ne pas voir son manuscrit original édité et mourut rongé par la rage et le désespoir. Mais ce que nous ne savions pas, c'est que Pegasus avait gardé la version manuscrite originale. Par amitié pour Fudge ou peut-être par pitié aussi, il laissa un mystérieux testament indiquant que le manuscrit n'avait pas été détruit et qu'il l'avait conservé jusqu'à sa mort.

Angelo Paricati marqua une pause. Puis il reprit.

— Puis en cette fin d'année 1890, Elena mit au monde cet enfant, un fils, celui conçu avec Albertus Fudge. Elle cacha la nouvelle à toute notre famille. Mais nous finîmes par l'apprendre. Nous apprîmes également qu'elle ne lui donna pas le nom de Fudge mais le sien, le nôtre, Paricati. Mon grand-oncle Antonio mourut jeune, avant d'avoir pu fonder une famille. Mon grand-père Giuseppe, alors dernier héritier pur de la lignée Paricati, jura de venger notre illustre famille en éradiquant toute descendance de la branche d'Elena et en retrouvant le manuscrit original de Fudge afin qu'il ne tombe pas dans de mauvaises mains. Après la mort précoce de mon père Livio, mon grand-père Giuseppe consacra la fin de sa vie à me mettre sur la trace de la descendance d'Elena et du manuscrit original de Fudge. C'est comme cela que j'en suis venu à découvrir que cet Artipiac vivait caché du monde, ne laissant aucune trace de lui, aucune trace de sa vie et ayant changé le nom Paricati dont il avait hérité par l'anagramme Artipiac. J'ai consacré ma vie à le traquer. Il ne m'aura même pas servi à retrouver le manuscrit d'Albertus Fudge. Au moins je l'aurai éliminé ! Jusqu'à ce que je me rende compte que vous suiviez vous aussi cette même trace que moi. Vous auriez dû rester à l'écart de tout cela… Mais puisque vous en avez décidé autrement, vous subirez le même sort que cet Artipiac, nous dit-il enragé.

Il marqua une nouvelle pause. Nous étions stupéfaits et glacés par le récit raconté par Angelo Paricati.

— C'était donc vous aux archives des concessions funéraires de Paris qui avez sciemment changé la place des informations relatives au tombeau d'Horace Pegasus ? demandai-je interloqué.

— Rien ne vous échappe, me lança-t-il en esquissant un sourire éclairé par le feu de cheminée.

— Et c'était vous, ce soir-là au cimetière du Père-Lachaise, qui avez fait craquer cette branche alors que nous étions dans la chapelle funéraire d'Horace Pegasus ? demanda Art à son tour.

— Ah ah ah, reprit-il de son rire démoniaque.

— Mais pourquoi ne pas nous avoir tués plus tôt ? demanda alors Art innocemment.

— Parce que j'ai cru naïvement que vous me mèneriez au manuscrit maudit d'Albertus Fudge ! Mais c'était une erreur de croire cela, je l'admets... Je vous ai surestimés ! C'est pourquoi vous ne sortirez désormais plus de cette villa. Elle sera désormais votre demeure pour l'éternité !

Je déglutis à nouveau. Une sueur froide commença à perler sur mon front que j'imaginais aussi blanc qu'un cadavre.

— Puisque nous allons bientôt mourir, reprit Art, pouvons-nous au moins voir le visage de notre hôte à la lumière de l'éclairage de la pièce ?

— Mais je vous en prie, si telle est votre dernière volonté... L'interrupteur se trouve à côté de la porte, lança-t-il à Art.

Art se leva alors du canapé. Angelo Paricati, qui resta confortablement assis dans son fauteuil, suivit Art de son revolver jusqu'à ce que ce dernier aille allumer l'interrupteur. Art pressa alors le bouton, puis rappuya sur ce dernier aussitôt pour éteindre la lumière.

— Aïe ! lança-t-il, je me suis pris une décharge électrique.

Art poussa à nouveau l'interrupteur qui alluma le lustre de la pièce une seconde fois. Puis Art vint se rasseoir sur le canapé à côté de moi, face à Angelo Paricati.

— Il est plus agréable de voir les personnes avec qui l'on parle, dit alors Art comme si de rien n'était.

Angelo Paricati avait le visage creusé et ravagé par la haine. Sa figure était aussi terrifiante que le personnage lui-même. Un bruit fracassant se vit soudainement entendre. L'écho de pas nombreux devint alors de plus en plus fort. Et en l'espace d'un court instant, la porte de la bibliothèque vola en éclat et vint se pulvériser contre le mur.

— Polizia polizia ! Mani in alto ! crièrent les hommes armés.

Angelo Paricati eut à peine le temps de réagir que deux policiers italiens l'avaient plaqué au sol, dégageant de sa main le revolver qu'il tenait. Hermann arriva dans la bibliothèque quelques instants plus tard.

— Bravo chers amis, l'opération a été un succès. Nous avons pu intervenir dès votre signal lumineux lancé.

Les policiers relevèrent le corps d'Angelo Paricati qui riait avec démence. Alors qu'ils l'emmenaient à l'extérieur de la bibliothèque pour l'arrêter et le faire comparaître en justice, ce dernier se retourna une dernière fois vers nous, le diable dans les yeux.

— Que pourrez-vous prouver ? nous lança-t-il en continuant de rire avec démence.

C'est alors qu'Art sortit de sa veste un petit enregistreur dont il pressa le bouton stop pour terminer l'enregistrement. Le regard d'Angelo Paricati devint plus noir que les ténèbres. C'est la dernière fois que nous le vîmes. Une fois l'opération terminée, Art remit précieusement l'enregistrement aux autorités italiennes. Il contenait l'ensemble des aveux d'Angelo Paricati.

Nous fûmes de retour à l'hôtel une trentaine de minutes plus tard. Il était une heure très avancée de la nuit.

— Vous avez été brillant, Art, lui lançai-je. Le coup de l'enregistrement, puis celui de la lumière, Angelo Paricati n'y a vu que du feu.

— À votre service, Bobby, me répondit-il avec prestance.

— Merci, Hermann, d'avoir orchestré toute cette opération fort périlleuse. Sans vos relations diplomatiques qui ont pu rapidement vous mettre en lien avec les autorités de la région, nous n'aurions pas pu faire grand-chose, le remerciai-je très sincèrement.

— Oh, je n'ai pas fait grand-chose. C'est grâce à votre courage exemplaire à vous deux que tout a pu bien se dérouler, nous dit-il fièrement.

— Hermann, repris-je un peu embarrassé, nous devons vous avouer que tout ne s'est pas passé complètement comme prévu...

— Que voulez-vous dire ? demanda-t-il.

— Eh bien, le manuscrit original d'Albertus Fudge ne se trouvait pas chez Angelo Paricati... En fait, il ne l'a pas trouvé dans le tombeau d'Horace Pegasus, il n'y était pas...

Hermann marqua une pause, avant de reprendre.

— Le plus important c'est de croire, peu importe que ce que nous croyons soit vrai ou faux, vous ne pensez pas ? Je crois que c'est cela qui fait vivre le cœur des hommes, quelle que soit la vérité. Peut-être que le manuscrit de Fudge ne s'est jamais trouvé dans la tombe d'Horace Pegasus ou peut-être même qu'il n'a jamais existé, nous ne le saurons sans doute jamais. Nous avons rendu justice à Monsieur Artipiac, c'est le plus important.

— Vous avez raison, Hermann... reconnus-je.

Puis nous regagnâmes enfin nos chambres. Il était grand temps pour nous de nous endormir.

Épilogue

Un an plus tard, le 27 janvier...

Je foulai le pas de l'entrée de mon immeuble du square Maurice Gardette. Madame Sylvia était accroupie dans un des petits massifs colorés du pied de l'escalier en train de jardiner.

— Bonjour mon petit, comment allez-vous aujourd'hui ?

— Bonjour Madame Sylvia, je suis aussi radieux que vos orchidées ! lui répondis-je gaiement.

— Ah m'en voilà ravie. Ah et oui mon petit, on m'a déposé un paquet pour vous ce matin.

Madame Sylvia se releva et gagna sa loge. Elle sortit de sous son bureau un petit paquet qu'elle me tendit.

— Merci Madame Sylvia !

— De rien mon petit.

Je m'engouffrai dans l'escalier, gravissant les marches quatre à quatre. Je m'arrêtai au troisième étage. Nous venions d'y emménager avec Victoria où un petit appartement de deux pièces s'était libéré. Je pénétrai à l'intérieur. Victoria était déjà rentrée. Elle était en train de lire un roman, assise près de la fenêtre. Je me penchai vers elle et lui déposai un baiser sur les lèvres.

— Tu rentres tard aujourd'hui, me dit-elle de son air malicieux.

— C'est demain le grand vernissage de l'exposition dédiée aux chats d'Art. Je lui ai donné un coup de main pour tout préparer. Il a enfin terminé le portrait de Kelly. Elle sera la pièce maîtresse de son exposition.

Demain sera un grand jour, tu verras ! Et Hermann aura l'honneur d'introduire la cérémonie !

Je posai ma veste sur une chaise puis attrapai le paquet donné par Madame Sylvia un peu plus tôt. Je déchirai l'emballage en papier épais puis en sortis ce qu'il contenait. Je fus alors stupéfait. Ma bouche resta béante et mes yeux figés quand je lus : *Les trois cheminées, Albertus Fudge, manuscrit original* accompagné d'une carte sur laquelle était seulement écrit *"À l'attention de Tad Bobinot, PG"*.

— PG ? laissai-je échapper.

Printed in France by Amazon
Brétigny-sur-Orge, FR

22607230R00144